天津通史编译丛书 万新平 主编

中国之梦

1929—1948

一个犹太女孩在天津的成长

China Dreams: Growing Up Jewish in Tientsin

[美]伊莎贝尔·齐默尔曼·梅纳德
(Isabelle Zimmerman Maynard) 著

张喆 译 刘海岩 校订

天津出版传媒集团

天津人民出版社

图书在版编目(CIP)数据

中国之梦：一个犹太女孩在天津的成长：1929—1948 / (美) 伊莎贝尔·齐默尔曼·梅纳德(Isabelle Zimmerman Maynard)著；张喆译. --天津：天津人民出版社, 2017.12

(天津通史编译丛书 / 万新平主编)

书名原文: China Dreams: Growing Up Jewish in Tientsin

ISBN 978-7-201-12818-4

Ⅰ.①中… Ⅱ.①伊… ②张… Ⅲ.①回忆录–美国–现代②天津–地方史–1929–1948 Ⅳ.①I712.55②K292.1

中国版本图书馆 CIP 数据核字(2017)第 315291 号

Copyright © 2002 by the University of Iowa Press, www.uiowapress.org

Published by arrangement with the University of Iowa Press

著作权合同登记号：图字 02-2017-290

中国之梦：一个犹太女孩在天津的成长(1929–1948)
ZHONGGUOZHIMENG:YIGE YOUTAI NÜHAI ZAI TIANJIN DE CHENGZHANG(1929–1948)

出　　版	天津人民出版社
出 版 人	黄　沛
地　　址	天津市和平区西康路 35 号康岳大厦
邮政编码	300051
邮购电话	(022)23332469
网　　址	http://www.tjrmcbs.com
电子信箱	tjrmcbs@126.com

责任编辑	韩玉霞
封面设计	陈栋玲　徐　洁

印　　刷	高教社(天津)印务有限公司
经　　销	新华书店
开　　本	787 毫米×1092 毫米　1/16
印　　张	12.5
插　　页	3
字　　数	260 千字
版次印次	2017 年 12 月第 1 版　2017 年 12 月第 1 次印刷
定　　价	76.00 元

总　序

万新平

　　盛世修史是我国的文化传统。编纂《天津通史》是我市广大干部群众和专家学者期盼已久的文化盛事。2004 年 12 月，在纪念天津设卫建城 600 周年之际，《天津通史》编纂工作正式启动，这是跨入 21 世纪后天津历史学界的一件大事，是一项具有重要现实意义和学术价值的划时代的文化建设工程。

　　《天津通史》作为天津市哲学社会科学重大研究项目，将以马克思列宁主义、毛泽东思想、邓小平理论和"三个代表"重要思想为指导，以唯物史观为主导，完整把握天津历史发展的脉络，全面分析天津历史变迁的特征，深入总结天津发展的规律，深刻论述天津在中国历史发展中的地位和作用。这项工程对进一步推进天津改革开放和现代化建设，挖掘地方历史文化资源，推动文化建设和学术研究的发展，进而提高天津城市文化品位，都具有十分重要的作用。

　　编纂地方通史历来是一个地区文化建设的重要标志性工程。近年来，地方通史编纂工作方兴未艾，北京、上海、重庆、河北、山东、山西、湖北、贵州等省市都相继编辑出版了大型地方通史。天津是我国历史文化名城，有许多独特的历史发展轨迹和特点。在古代，天津从军事重镇逐步成为畿辅名城，具有中国封建城市发展的重要典型意义。在近代，天津是近代中国的缩影，所谓"近代中国看天津"就是对天津近代重要历史地位的一种通俗的概括。比如，天津是帝国主义列强侵略中国的战略要地，是中国人民反抗外来

1

侵略的重要战场,是近代中国政治势力角逐的主要舞台,是近代中国海陆军建设的重要基地,是中国北方城市近代化的发源地,是中国共产党领导北方白区革命斗争的重要中心,是中国北方最大的进出口贸易口岸和工商业经济中心。中西社会思潮在此交汇,新式文化教育由此兴起,一批思想家、教育家和文人巨匠聚集津门,从而形成海纳百川、包容中外的社会人文环境和历史文化积淀。新中国成立后,在社会主义建设历程中,天津克服了发展中的种种艰难曲折,取得了令人振奋的显著成就。改革开放以来,天津进入了社会主义现代化建设快速发展的新时期。在党的领导下,全市广大干部群众,在中国特色社会主义伟大旗帜指引下,解放思想,开拓创新,真抓实干,团结奋进,努力建设国际港口城市、北方经济中心和生态宜居城市,不断开创改革开放和社会主义现代化建设的新局面。天津正在迅速崛起,成为推动环渤海经济圈发展的强大引擎。

回顾历史,在中国社会由一个建基于古老农业文明之上的传统社会,逐步向以高度发达的工业文明为标志的现代社会转变的历史进程中,天津占有突出的地位,起了很重要的作用,拥有极为丰厚的历史文化底蕴。中国城市发展进程中的成就与局限、经验与教训、发展与曲折、突破与障碍,都集中反映到天津这一历史文化名城身上,致使天津的演变成为中国城市变迁的重要代表。通过编纂《天津通史》,对天津历史进行深入的研究,可以更深刻地认识中国城市发展的复杂性和多样性,不仅可以深入地研究天津、认识天津、展示天津,而且可以更深入地研究中国、认识中国、展示中国。

编纂《天津通史》,是一项汇聚集体智慧和力量的系统工程,是在前人基础上的升华和提高,是在新的起点上的开拓和创新。因此,必须牢固树立精品意识,力求在理论构架、学术观点、研究方法和史实资料上有所创新,有所突破;必须组织一批素质优良、功力深厚、作风扎实的专家学者集体攻关。因此,从专题研究着手,从基础资料起步,是做好该工程的基本路径。要坚持对天津历史发展进程进行全方位、综合性的研究,把各个时期、各个阶段天津地区变迁的历史全貌,真实地加以展现和记述,深入地总结天津城乡地区的政治、军事、经济、社会、文化诸方面的发展进程。不仅要研究和叙述天津的规模、形制、建筑和环境，更需要研究和分析其经济特征、文化渊源、社会结构、人口变化、居民素质等发展和演变的内涵；不仅要注重天津与周边地区，乃至与华北、西北、环渤海地区的关系和互动，还要关注天津与国内其他区域中心城市、东北亚地区乃至世界各国的相互关系；不仅要着重叙述天津本身在政治、军事、经济、文化和社会诸方面的演变史实，并从中得出符合客观实际的带有规律性的认识，还要反映出不同时期天津在全国的地位和影响。要高度重视天津历史资料的搜集和积累。史料是史学研究的基础。应该看到，前人已经收集整理了大量的天津历史资料，但从编写大型多卷本通史的需要来看，还有相当大的差距。如历代实录、通鉴、类书、文集、方志中有关天津地区的史料，开埠以来各个时期的大量档案文献，特别是散失在国外档案馆、图书馆收藏的有关天津的外国租界、领事馆、教会活动的文件、报告、调查和私人日记、信件等，近现代中外文报刊中关于天津的记述，以及反映天津历史的考古和现存文物资料等，都需要进行全面系统的征集整理工作，以使《天津通史》编纂工作建立在坚实完备的史料基础之上。

为此，我们根据《天津通史》编纂工作的需要，将国内外专家学者对天津历史研究的重要成果汇编为"天津通史专题研究丛书"；将经过专家整理的较为珍贵的中文历史档案和文献资料选编为"天津通史资料丛书"；将征集到的有重要价值的外文历史档案和书刊资料编译为"天津通史编译丛书"。这三种丛书的编辑出版，不仅有利于提高《天津通史》的研究和编纂工作水平，同时可以把一些重要的研究成果和珍贵的历史资料及时介绍给学术界和广大读者，对深入地了解天津、认识天津、研究天津，将发挥积极的、不可或缺的作用。

译者前言

　　这是一位在天津出生长大的犹太女性撰写的，一部有关她和她的家庭早年生活的回忆。

　　从 19 世纪末到 20 世纪二三十年代，越来越多的犹太人流亡到中国，主要聚居在上海、哈尔滨和天津。一般认为，犹太人是因为逃避纳粹德国种族灭绝的暴政而走上逃亡之路的。被称作"中国的辛德勒"的中华民国驻维也纳总领事何凤山，以及伪满洲国驻德国公使馆领事兼书记官王替夫，给大量犹太人发放护照或签证，使他们得以免遭纳粹的迫害，逃亡到中国，也使得今天的人们了解到那么多的犹太人是如何才得以到中国避难的。然而事实上，还有大量的俄国犹太人是为了摆脱俄国暴政，在没有任何护照或签证等身份证件的情况下逃到中国来的。本书作者伊莎贝尔·梅纳德一家就是来自俄国的犹太人。

　　19 世纪末，沙皇统治下的俄国是当时世界上犹太人最多的国家。1897 年俄国共有 520 万犹太人，约占当时世界犹太人总数的一半。与此同时，那一时期的俄国，也是反犹排犹最盛行的国家之一。1917 年俄国爆发革命后，虽然主张民族平等的苏俄政府一度停止反犹，但是 20 年代斯大林控制政权之后，反犹排犹再度兴起。越来越多的俄国犹太人逃离苏联，经由西伯利亚流亡到中国。他们有的留在哈尔滨，有的来到中国北方最大的通商口岸并设有多国租界的天津。据 20 世纪 30 年代末期美国出版的《犹太年鉴》记载，1935 年在天津的犹太人达到 3500 人，是犹太人在天津人数的最高纪录。

伊莎贝尔·梅纳德的曾祖父亚伯拉罕·齐默尔曼是俄国西伯利亚地区一名成功的商人。到了她祖父一代，齐默尔曼家族在海参崴(今符拉迪沃斯托克)已经是商界翘楚。1916年沙皇尼古拉二世时期，其祖父曾获得俄国"杰出公民"的殊荣。然而20世纪20年代初，为了躲避苏联政府对犹太人的迫害，齐默尔曼家族乘船逃离俄国，沿海南下逃到天津。伊莎贝尔·梅纳德的父亲戴维·齐默尔曼(David Zimmerman)，正是在天津遇到了来自哈尔滨的索菲亚(Sophie)，并于1925年与她在天津结婚。1929年，伊莎贝尔·梅纳德出生在天津的一家天主教医院。

流亡到中国的犹太人，除了少数来自非法西斯西方国家的犹太人持有护照，还有来自德国的难民持有被打上区别对待的"J"(犹太人)字护照外，大部分犹太人都没有护照，被视为"无国籍"难民。流亡到天津的俄国犹太人，没有俄国政府颁发的护照，"只有一个盖着无国籍印章的小本子"，是地地道道的"无国籍"难民。他们许多人都希望能移居到北美或南美国家，可是因为没有护照，得不到那些国家的签证，只能居住在没有护照也可以生活的租界里。伊莎贝尔·梅纳德的父母也是想把中国作为"跳板"移民去美国。可是，第二次世界大战前，美国拒绝无国籍的犹太人移民，所以他们的愿望一直未能实现。1941年太平洋战争爆发，美国对日本宣战，移民美国更成为无法实现的梦想。直至第二次世界大战结束后，他们才获得美国签证，离开中国迁居美国加州。至此，他们一家在天津已经生活了25年，本书作者伊莎贝尔·梅纳德在天津经历了她的童年和少年时代。

俄国犹太人初到中国时，大都讲俄语和意第绪语，他们的孩子在学校则接受英语教育。即便在犹太学校里，除了希伯来语是必修课外，其他授课的语言也都使用英语。

伊莎贝尔·梅纳德5岁进入天津的美国学校，8岁在天主教修道院随修女学法语。1941年美国学校关闭，她又进入犹太学校读书。1948年，19岁的伊莎贝尔·梅纳德随母亲移民美国加州旧金山，数月后父亲也到了旧金山，全家得以团聚并在加州定居。

移居美国后，伊莎贝尔·梅纳德入读伯克利加州大学，并先后获得学士和硕士学位。毕业后，她在旧金山湾区从事社会工作长达 35 年。她还曾是一名演员、教师和口述历史学者。直到晚年，伊莎贝尔·梅纳德一直是加州享有盛誉的社会活动家，有关她的故事出现在许多期刊报章中。2007 年 7 月 3 日，伊莎贝尔·梅纳德在加州的埃默里维尔（Emeryville）去世，享年 78 岁。

伊莎贝尔·梅纳德在这本书中，以一个犹太女孩的视角，讲述了一个犹太家庭流亡东方城市的历史。在天津这个有多国人共同生活的租界里，被祖国抛弃的俄国犹太人，不仅被自认为是上流社会的美国人、英国人、德国人和法国人所排斥，而且也被非犹裔的俄国人所歧视。作者记述了亲身经历的各种人对犹太人的歧视甚至侮辱，其中包括意大利修女、俄国学生、码头搬运工，乃至已经与犹太人结婚的俄国亲戚。在这样一个西方各国人聚集的国际环境中，人人似乎都可以在各种场合表露出对犹太人的藐视、轻侮，这使得许多犹太人变得敏感、脆弱。当面对日本人的入侵，"无国籍"的犹太人需要寻求保护的时候，脆弱的民族心理使得他们犹豫不决，不知依靠谁来求得在战争中的安全。

作者在描述自己父亲的性格时，说他敏感、谨小慎微、情绪化却又很浪漫，热衷于参加各种聚会。作者的母亲则从小教育她要"学着去迁就，去容忍"。在这样的家庭和社会环境中长大，使得作者在未成年时就形成敏感、自卑的性格。她一听到别人提"犹太佬"，就非常反感，就会"变得懦弱，本能的恐惧使心里生出阵阵让人发怒的颤抖"。

他们一家三口，相互从来不讲也不承认生活的悲伤和窘迫。爸爸妈妈私下里为了寻求生活出路而争吵，但是在女儿面前却永远表现出积极、热情又充满活力的生活态度。他们传承给作者的是"无可匹敌的无畏意志，和从最小的雨滴中或最寻常不过的云朵中发现美丽的能力"。从他们的身上，可以看到犹太人复杂的民族性格。

被德、苏等欧洲国家排斥、驱赶的犹太人,四处流亡,无处扎根,没有自己的祖国,他们只有靠本民族的团结,组成各种社团组织,形成自己的小社会,来寻求归属感。天津的犹太人建立了犹太人的学校、医院、养老院、俱乐部、教堂等。犹太商人以从事皮毛出口贸易为主,有自己的商业贸易组织。犹太人的社交活动大多在犹太俱乐部进行。俱乐部建在英租界,经常有业余演出、主题讲座,还有摆放着大量报刊和书籍的图书馆,门厅摆放着一台短波收音机,可以收听不同国家的广播。绝大部分犹太人都是俱乐部的会员。犹太人往往聚集居住,作者一家就与其他犹太人居住在一座公寓楼里。犹太学校有"贝塔"组织,经常组织学生集会,灌输犹太复国主义思想,鼓吹把约旦河西岸变成犹太人国家,永远结束犹太人的离散和流亡。有的年轻学生立誓要偷渡到巴勒斯坦,参加犹太复国的武装斗争。当日本人到犹太学校灌输效忠天皇和日本的思想,大呼"天皇万岁"的时候,男生们却在下面带头喊"耶路撒冷"。

作者在书中还记述了生活在她身旁的犹太人和其他国家的侨民:刚刚逃离德国纳粹集中营、失去亲人和财产、精神极度紧张甚至有些错乱的德国犹太难民;因丈夫被枪杀受到刺激,整日生活在晦暗、封闭世界里,靠教授法语为生的法国女人;曾师从钢琴大师,现蜗居在狭小的公寓里,尽管生活窘迫也坚持严格训练和行为规范的俄国女钢琴教师;家中堆满书籍,喜欢读书,喜欢中国文化和瓷器但脾气却有些古怪的英国女邻居;尽管遭到犹太亲戚朋友的普遍反对,却坚持嫁给信仰东正教的俄国丈夫的姨妈,以及虽然爱着犹太妻子,却一发脾气喝醉酒就骂犹太人、唱反犹歌曲的姨夫,等等。

作者在书中不仅撰写了自己在天津生活时期,从童年经过叛逆的青春期,成长为少女的人生历程,还描述了与不同民族的同学、朋友之间的文化差异与冲突。在俄国好朋友家中不得不面对犹太教绝不容许食用和触摸的祭品猪,与要好的美国女同学之间的性格差异,以及与喜欢中国文化的英国女邻居之间的文化冲突,等等。

作者在晚年谈到她早年在中国的经历时说,像她这样的犹太人虽然生活在中国,但他们不属于中国。他们居住在中国城市的外国租界里,西化的社会环境使他们得以保持西式的生活方式。与当时生活在租界的大多数外国人一样,作者一家几乎不与当地的中国人打交道。

作者检讨自己早年对待中国人的态度:她没有一个中国朋友,不愿与本地中国人打交道,也不学中文,她接触到的中国人就是为她一家提供服务的保姆、厨师、仆人、黄包车夫等。从童年时起,作者接触的第一个中国人就是保姆阿妈。她来自附近的乡村,裹着小脚,体贴入微地伺候作者的日常起居,而作者却连阿妈的姓氏名谁及其家庭的情况都一无所知。作者描述了一心一意为她和她的家人服务的保姆、仆人、车夫等,这成为她早年记忆的一部分。由于作者的局限性,她的有些表述或有不确或不当之处,为保持资料的原貌,译者未直接修改,有的适当做了注释。

本书英文原版是美国爱荷华大学出版社(University of Iowa Press)出版的"非凡的生活:爱荷华北美自传"丛书的一种。该丛书由艾伯特·斯通(Albert E. Stone)主编,他还专为本书撰写了序言。

为了让读者对本书涉及的历史背景有更多了解,我们搜集到有关20世纪30年代天津犹太人社团的两份资料——《天津犹太俱乐部章程及其细则》和《天津犹太人无息贷款协会规则》,将其译成中文附在书后。最后附上全书的译名表,以方便读者。书中注释,均为译者所加。

本书根据美国爱荷华大学出版社1996年出版的原书全文照译。感谢爱荷华大学出版社授予中文版权。感谢美国中美交流咨询公司吴量福先生协助妥善解决版权事宜。感谢天津人民出版社文史编辑室主任韩玉霞女士,她一丝不苟的编辑工作,使本书能够高质量地出版,呈现在读者面前。

本书由天津外国语大学张喆教授翻译,天津社会科学院刘海岩研究员校订。

目 录

主编序言

艾伯特·斯通(Albert E. Stone)

《中国之梦:一个犹太女孩在天津的成长(1929—1948)》一书,许多读者完全有理由提出他们的疑问:谁是伊莎贝尔·梅纳德?她怎么用这个标题出版一本自传,读起来更像是短篇故事集而不像是通常所说的自述或回忆录?若考虑到著者尚属无名之辈,而书中回忆与情感语言的表达却又明显非常熟练,将这两个因素结合在一起,我们就可以把这本对少女时期令人难忘的记述,列入当代美国自传系列——"非凡的生活:爱荷华北美自传"丛书——该丛书此前已经出版了13种。我预言,她将会获得传记爱好者和一般读者、成年人和青少年、女性和男性、犹太裔和亚裔美国人等各类读者的喜爱。我觉得,没有人会把她归为另类,所有人都会感到十分亲切。

像今天许多自传作者一样,伊莎贝尔·梅纳德是第一次出版书籍。也和许多作者一样,她丰富的经历使她得以从中充分汲取并将之转化为独一无二的文字。她1929年3月3日出生于中国北方的天津,现在生活在加州的埃默里维尔(Emeryville)。她的职业经历丰富多彩——先后做过女演员(舞台、无线电台、电影以及电视)、画家、教师、作家(编剧、短篇小说、诗歌)、社会工作者,近年又成为口述历史学家——使她成为才干卓著的北加州人,在旧金山文化多元和媒体多样的环境中得心应手,游刃有余。在经历了跨越太平洋的变化和挑战后,她在个人和文化成就方面拥有了独特的认同感:"我自认为我是一个使人不断感到惊讶的人,也是一个对人,对人际交往和环境的观察者。"这种非常成熟的自我描述也适用于五六十年前生活在中国沿海的那个即将成年的姑娘。

这个使人颇为惊奇的观察者在第二次世界大战前的天津,就已经具有了个人和社会意识。她是她的俄国犹太父母的独生女,他们没有护照便来到这个位于华北沿海的多元化的城市。这一家人身陷于无国籍的贫困之中,面对的是一个充满了革命、战争、难民,还有难以平息的反犹运动的混乱世界。伊莎贝尔在天津一直生活到1948年才逃到加州来。只有最后几页——实际上只能算作小插曲——才描述了她和她的父母刚刚来到旧金山时的经历。书中的内容大部分记述的是在天津,一个成长中的女孩,对她的父母和亲戚混居的拥挤的公寓、老年犹太寄宿者——一个流亡者——以及少言寡语、常常没有姓名的中国仆人,所做的观察和反应。从这个中心(既不是家也不是发源地),讲述者又转移到城市拥挤的街道、河坝和公园,以及外国人的学校、修道院、俱乐部、医院(只有一次)和电影院。这个被强制分割成不同租界彼此隔离的城市,包括拥有经济与社会权力的欧洲人(也有少数美国人),以及他们周围大量的中国人。这些外国人,包括英国人、法国人、德国人、意大利人、美国人以及俄国人,傲慢地无视中国人的存在,与他们彼此隔离,住在"租界"或者说是通商口岸的飞地里。在这些差异非常明显的不同世界里(对于中国人来说显然是永久的,对于其他人来说则是暂时的),也生活着犹太人。"我们别无选择,"伊莎贝尔回忆说,"在那种情况下,作为俄国革命的幸存者,我们极力地将这一事实埋藏在心里,即我们是在外国的土地上,靠我们小社会内部的联系维持生存。我们有我们自己的学校、我们自己的俱乐部、我们自己的组织和商业贸易。作为在中国的俄国犹太人,我们是三重的外国人。"

出于这种对失去了时间和世界的,带有讽刺意味的认识和感觉,伊莎贝尔·梅纳德创作了引人注目的生活故事。"我1948年离开中国,"她回忆道,"1981年我再到中国访问,回到完全充斥着我童年记忆的地方。我再现过去的唯一方法就是把它们写出来。然而我知道,我所写的那个社会已经不复存在,进而促使我与其他人分享这些回忆……我在头脑中反复思考着这些事情，当我感到内心的情感就要迸发的时候，我开始了写作。"

尽管与其他政治避难者作家相比，这位内心充满矛盾的作者更加美国化，更少留有俄国排犹或纳粹迫害犹太人的精神创伤，但她也坦然地承认情感的亲和力，以及她写作的策略，把她与其他知名的流亡者和回忆录的作者连在了一起。与两名像她一样将自传与虚构文学相结合，对双重失落的世界充分发挥尖刻的和怀旧的想象的最著名作家，艾萨克·巴甚维斯·辛格(Issac Bashevis Singer)①和弗拉基米尔·纳博科夫(Vladimir Nabokov)②连在了一起。

我想，"更美国化"这一说法，削弱了本书作者与《父亲的庭院里》和《演讲的回忆》两本书的作者颇有些不切实际的比较。伊莎贝尔的天津缺乏辛格的华沙犹太人区和纳博科夫的贵族气的维拉(Vyra)所具有的深度与广度。看上去与《中国之梦：一个犹太女孩在天津的成长(1929—1948)》更相类似的，是晚近出版的由土生土长的美国人撰写的几本成年人的传记，他们充分利用了类似的童年时期和种种焦虑，诸如背井离乡和边缘化，出错的父母和其他不安的大人，一个人的身体令人尴尬的意识，开始萌动的性意识，以及最重要的孩童丰富的想象力。在这些有关青少年的作品中，弗兰克·康罗伊(Frank Conroy)③撰写了《停顿时间》，玛雅·安吉罗(Maya Angelou)④以她的《我知道关在笼子的鸟儿为什么鸣叫》

---

① 艾萨克·什维斯·辛格(1904—1991)，美国犹太作家，生于波兰，1935年流亡美国。一生出版了多部回忆录和小说，1978年获诺贝尔文学奖。
② 弗拉基米尔·纳博科夫(1899—1977)，俄裔美籍作家，生于俄罗斯圣彼得堡，曾先后在英、法、德等国居住，1940年移居美国。他的作品多表现怀乡愁思和犹太移民生活。根据他的著名小说《洛丽塔》改编的电影，使他获得奥斯卡最佳改编剧本奖。
③ 弗兰克·康罗伊(1936—2005)，美国作家，其获得好评的自传《停顿时间》出版于1967年。
④ 玛雅·安吉罗(1928—2014)，美国黑人作家、诗人、剧作家、演员，生于美国密苏里州圣·路易斯市。《我知道关在笼子里的鸟儿为什么鸣叫》是作者发表于1969年的一本早期的自传。

一书开始了她的自传系列,就像汤婷婷(Maxine Hong Kingston)[①]完全不同的《女勇士》一书一样。甚至更老一些的少女时代的自传,像丽莲·海尔曼(Lillian Hellman)[②]和玛丽·麦卡锡(Mary McCarthy)[③],她们出版的令人难忘的著作,将自传和奇幻故事结合在一起。不可否认,伊莎贝尔·梅纳德在她的书中没有提到这些书或它们的作者。她之所以这样做,或许是因为她太固守美国的文化环境,完全不同于一个经历过30年代中国的年轻姑娘——好莱坞电影,过期的《时尚》杂志,"蒙哥马利—沃德百货公司"商品名录。

对于梅纳德而言,最重要的是除了用锐利的美国人的眼光往后看,还要通过描述以前的她,在朦胧不清的少女时代结束后,期盼着在美国达到还不清晰的目标。因此,梦想和做梦是作者自己和其他人最核心的隐喻。当然,主要的做梦者是梅纳德自己。尽管她不安定的生活常常是活生生的现实,但她还是把她的内心世界逐渐塑造成"坚实的基础和飘浮的白云"。像其他欧洲人一样,她几乎完全忽略了中国人的存在,甚至对她最可信赖的保姆也只是称其为"阿妈"。而且伊莎贝尔在一次梦中,还梦到了阿妈杀死了巴迪——她家一只小便失禁的小狗。其他许多次做梦,尽管没有再梦到无聊的事情,但是仍充满了恐惧。她的父母夜里的争吵声;与流亡者布雷弗曼无声的、诡异的友谊;她与为她打开书的世界的年长英国女人之间的友情;信奉东正教的俄国朋友和来自美国使节家庭的玩伴,不经意间流露出的让人感到很无情的反犹情绪;让她不再因为外貌和不讨人喜欢而感到痛苦的自信的同学——这些真实事情的发生,每一次对一个希望改变近乎白日梦的想法的敏感女孩而言,都是有所助益的。

---

① 汤婷婷(1940—),美籍华裔女作家,毕业于伯克利加州大学,现为该校荣誉教授。她的作品体现了中国文化的影响。出版于1976年的《女勇士:生活在群鬼中的女孩的回忆录》是一部半自传体小说,成为美国文学后现代主义的典范。

② 丽莲·海尔曼(1905—1984),美国著名左翼作家、剧作家。

③ 玛丽·麦卡锡(1912—1989),美国当代著名女作家,曾做过编辑、大学教师以及书评人和戏剧批评家,美国国家文学艺术研究院院士,曾获得爱德华·麦克道尔勋章、美国国家文学奖章等多项奖项,《纽约时报》赞誉她为"我们时代真正的女作家"。

尽管几乎所有的外国人也都是喜欢做梦的幻想者,但伊莎贝尔的父亲是她主要的榜样。"因为爸爸总是有无尽的幻想,因此他成了我儿时最好的伙伴……我逐渐长成了一个对一切都很关注的孩子,和我爸爸一样满脑子梦幻与想象。"的确,家庭通过幻想,回避现实的能力,成了她自我调整的方法。歧视犹太人的侮慢、越来越少的生活资金和逃离的希望、野蛮的日本兵,甚至伊莎贝尔第一次来月经(字典教给她要婉转地称作"初潮"),所有这些都是令人难以忍受的。她的父亲尤其不予理会,从不谈论,用幻想来取代,用读书来逃避。一家人用神圣的缄默法则掩盖了(或者说是寻求掩盖)所有不愉快的事情。甚至伊莎贝尔的妈妈,这位注重实际的、积极的伙伴和导引者,也只能屈服于无言的不予理会这样铁的法则。"你必须学着去迁就,去容忍一些事情。这等你长大就会明白的。"虽然伊莎贝尔通常会赞成父亲的做法,但如何在这两种行为方式之间取得平衡,成为这位女孩第一次写作实践的任务,她在日记中隐晦曲折地谈到如何对待因为学校墙上出现令人厌恶的反犹口号而突然发生的危机,俄国年轻人与犹太年轻人之间发生的争斗,以及她第一次来月经:

我在那天的日记里写下了这些:"今天见到了27。他真是个英雄,但是他也许永远都不会真正注意到我。学校的墙上被人画上了巨大的黄色字母,是不好的字眼。我第一次'见红'了。这是充满颜色的一天。红色和黄色组成橙色。这是很重要的一天。1942年5月24日。"

"每个人都装作什么也没发生",这句话的确可以形容这个异乎寻常的少女时代许多值得回忆的时刻。在中国之梦最富于戏剧性的一段结束时,作者使用了简洁的语句。事实上,这是伊莎贝尔最英勇的一刻。她最喜爱的玛丽姨妈嫁给了俄国东正教异教徒沃尔特·丹柯,令所有犹太人惊愕不已。在他们结婚周年聚会上,沃尔特喝得酩酊大醉,无端生事。他突然大怒喊道:"你们都出去。我想自己一个人唱……再来点伏特加。""再来点,再来点,再来点!为了祖国俄罗斯干杯。打倒犹太佬。"接下来人们陷入不知所措的寂静之中,小小的伊莎贝尔"站起身走向沃尔特。他宛如高塔般矗立在我的面前。'你这个讨厌的恶魔，没人喜欢你。'这些话仿佛炙热的煤炭灼痛我的舌头，塞满我的胸腔，我感觉自己就要爆炸了。'没人喜欢你这个丑陋的魔鬼。'沃尔特像只泄了气的气球，完全瘫软了下来。眼泪顺着脸颊滚落下来"。

正如这段扣人心弦的经历所表现出来的，这个富于幻想的学校女生，像一个成年作者，有时变得激情爆发。然而她的那种具有讽刺意味的感觉，从没有使作为作者的她失去勇气，当然也可以使场景得到渲染。伊莎贝尔·梅纳德很坦率，及至她这个女主角的爆发，这种感情甚至超越了家庭默认的沉默原则，"我感到精疲力竭，躺在紫褐色的长沙发上，全然不理会客人和我的家人。就好像我的愤怒只是一粒落入深潭的石子，甚至没有激起一丝涟漪以证明它的存在"。

在这本书中，伊莎贝尔并不是家庭唯一的主角，此外她还写了一些并非英雄的故事。作为描述一家人到达旧金山第一个月让人感到前景黯淡的最后一章的前奏，作者撰写了"4月8—9日的英雄"一章。这是《中国之梦：一个犹太女孩在天津的成长（1929—1948）》一书中最长的一章，也是从始至终唯一完全没有年轻的伊莎贝尔出现的一章。这一章详细叙述（应该是父亲亲口讲给女儿的）了父亲在他的妻子和女儿离开六个月后，如何逃离天津的。"爸爸没有什么引人注目的惊人壮举，也没有在危急时刻拯救某人，更没有在千钧一发之时有令人敬仰的表现。只是因为在那两天里，他一直保持冷静，自如地应对周围的各种事情。"虽然如此，他连夜逃离天津，通过女儿的再次讲述还是充满了惊险刺激。尽管"谨小慎微、情绪化、容易受到惊吓又很浪漫，害怕看医生和牙医"，她的爸爸还是设法抓住了机会（还有瑞士大使、红十字会、商业贿赂以及忠诚的人力车夫的帮助），到达了停泊在海湾的英国货轮的旁边。"好了，犹太佬，爬上去，去往自由的地方吧！"喝醉的码头装卸工喊道。然后，这个胆怯的男人，"满怀着恐惧和成功的希望"，并在下面的人们的嘲笑和激励之下，爬上了轮船摇摇晃晃的钢梯。

一家人在美国的重新团聚几乎没有什么戏剧性,甚至由于"4 月 8—9 日的英雄"而显现出更多的讽刺意味。现在,年轻的女子伊莎贝尔重新回到舞台的中央,她成了家庭的主要经济支柱和希望。她在全书结尾的描述多少有些苦涩,几乎没有虚构的完美结局和经过一连串令人沮丧的努力奋斗而幸存下来的新移民在旧金山所感到的自由。

妈妈站起身端来更多的汤。我身后的炉子上,满满一锅圆白菜在汤汁里用小火慢慢地煮着,发出咕嘟咕嘟的响声。走廊里传来博萨克太太有些听不太清楚的声音,正在连接我们的未来。

"向希望之乡致敬!"爸爸说着,举起了手中的一杯橙汁。

我们都举起杯,"向希望之乡致敬!"

美国妇女自传的读者如果回想起玛丽·安廷(Mary Antin)①在 1912 年出版的《希望之乡》一书中对"美国化"所做的充满乐观的论述,他们就很容易理解最后到达美国时,这位已经成年的女性移民所经历的苦乐参半的尾声。

---

① 玛丽·安廷(1881—1949),美国作家和移民人权活动家,因 1912 年出版自传《希望之乡》而出名。

致　谢

　　这本书记录的是我过去的心路历程。许多有同样经历的人们激发了我的想象力和思想的火花，也引发了我的回忆。可是，若没有彼得·特里普(Peter Trip)的鼓励和支持，《中国之梦：一个犹太女孩在天津的成长(1929—1948)》是不可能写作成书的，他激励和督促我写作下去直至完成。我要感谢他对我的教诲和信任，甚至是在我准备要放弃的时候，他花费了大量时间帮助我筹划这本书。

　　我还要非常感谢马西·艾伦克雷格(Marcy Alancraig)和马蒂·麦克贝恩(Matie McBain)，在过去的七年中给予我温和、智慧和缜密的批评，他们坚定的信念使我得以成为一名作家。

　　我也要对玛丽琳·诺丁汉(Marilyn Nottingham)在电脑方面所表现出的耐心和完美的技术表达我的谢意。

　　我开始想要搜集这些故事还是在我19岁的时候，那一年我与父母一起被迫逃离天津，逃离中国。尽管难民的身份对我来说还是新鲜的事，但对我父母来说却是不足为奇了，因为他们早年就是从俄国共产革命中逃脱出来的。他们本打算在中国只做短暂停留，然后移民去美国。但是由于美国不想再要无国籍的犹太人，所以他们在中国的暂留一下子就延长到了25年。

　　在天津，有大量和我的父母一样被困在中国的犹太人。现在回想起来，我意识到，在异国的土地上，他们是靠组织起自己的小社会来保持他们的归属感的。到我出生的时候，我们犹太人在天津已经有了自己的学校、自己的社交俱乐部、自己的教堂和自己的商业贸易。

　　尽管那时我并不很明白，但现在看来，在当时的历史环境下，我们处

1

于三重孤立之中。首先是，我们已经脱离了俄国社会；其次，在中国，我们又被那些更富有而且自认为是上流社会的美国人、英国人、德国人和法国人所排斥，因为他们不但在经济上比我们更有保障，而且更重要的是他们有护照，可以随时回到自己的国家，而我们只有一个盖着无国籍印章的小本子；再次，我们又选择自我远离中国人，我们排斥他们就像我们被别人排斥一样。暂栖在这片动荡不宁的外国土地上，我们无处扎根，没有真正的家，也几乎不学中文。说起来很难过，可我不得不承认，我没有一个中国朋友，伴我长大的只有我总是乐于随意向他们发号施令的中国仆人。跟我关系最密切的是阿妈，我的中国保姆。她为我做饭，收拾房间，整理我随处乱丢的衣服。我从未叫过她真正的名字，只是按照中国人称呼仆人的习惯叫她"阿妈"。这就是生活教给我的一切，除此之外我不知道还有什么样的生活。

1941年，在经过多年的不断填表申请又不断失败之后，美国的大门终于向我们缓缓打开了，我们终于可以移民了，结果随着日本入侵和占领中国，我们的梦想又破灭了，刚刚打开的大门，又砰一声关上了。我们陷入了比以往更加糟糕的困境。我们只能等待战争的结束，等着美国兵来解救我们。现在，我们只能作为难民在一个被占领的、充满敌意的土地上谋求生存。1945年，随着战争的结束，我们从日本的占领下解放出来，可是美国的规章制度又起了变化，没完没了的移民申请又开始了。

1948年，在我19岁的时候，我和我的父母离开了这片庇护我们多年的土地，飞往美国。共产党即将到来，我们将成为不受欢迎的人。这已是我父母第二次逃离共产革命，这使我父亲不禁想知道："一个人在进入希望之乡①获得自由之前，到底要经历多少次革命？"

直到我生活在美国这片安全的土地上之后才意识到，我再也无法回

---

　①　本书多次出现"希望之乡"一词，原文为"promised land"，语出《旧约·创世纪》，基督教文献中译作"应许之地"。亚伯拉罕经过迦南示剑地方摩利橡树处，耶和华显现，向亚伯拉罕应许赐迦南一带土地予他及他的后裔。现代犹太人便将期盼能给予他们自由幸福的地方称作promised land，本书译作"希望之乡"。

到我出生长大的那片土地上去了，就如同我父亲无法再回到俄国一样。也正是从那个时候起，我便开始我的昨日之梦。天津的成长之梦，是喜悦与悲伤，是男朋友与女朋友，是维多利亚公园里鲜红的合欢树，是黄包车蔚蓝色的棚子，是北戴河沙滩那细细的柔软的黄沙，是连接法租界与意租界的那闪着银光的桥梁，是暗绿色的海河水，是写有"华人与狗不得入内"的白色的牌子，还有把我们抛入黑暗之中的战争。

　　随着岁月的流逝，中国的大门似乎是永远地关闭了。我在中国度过的童年，更像是一个梦而不是现实。我梦中的色彩与人物变得更加清晰，更加丰富，更加形形色色，更加痛苦，更加令人高兴，也变得更加强烈。也正是从这个时候起，我便情不自禁地开始了写作。对于我来说，写出一个犹太女孩在天津成长的故事，是为我那迷蒙的、梦一般的过去寻找归宿，是为了把我的梦中世界带到现实。我感到，如果我能推开记忆的障碍，进入那一片语言和场景的茂密丛林，我就能将透明的梦境变成实实在在的存在。写作似乎成了使我再次成为那个世界一部分的唯一途径。

　　因此，记忆与情感、事实与虚构，相互融合构成了这一连串的故事。

一、生命的起点

1. 身世

我之所以来到这个世界上，源于两条生命的纽带。在我父亲一边，我的祖先的血脉起源于西伯利亚那片沃土上，那些有着奇怪名字的城镇———符拉迪沃斯托克(Vladivostok)、哈巴罗夫斯克(Khaborovsk)，还有齐默尔曼诺夫卡(Tsimmermanovka)。而在母亲这边，则是伊卡廷堡(Ekatrinburg)、科姆史洛夫(Komushlov)，还有斯坦茨雅－查博德纳雅－德维纳(Stantsiya Zapodnaya Dvina)。这些地名我在一般的地图上都很难找到。他们是我记忆中的伤痛，是亟待治愈的小小的内伤。我买了一本比一本大的地图册，用手指顺着阿穆尔河寻找，希望能发现其中一个地名。有一天，当我在纽约时报地图册的地图上看到齐默尔曼诺夫卡的时候，我觉得自己就像是在海上航行数月后看到陆地的哥伦布，是发现镭射线的玛丽·居里。在那个时候，他们被束缚在内心深处的认识肯定一下子来了一次大爆发，而此时在安静的夜晚，在地方图书馆里，我也有了发现，也感受到了发现者那种迸发出来的喜悦之情。

在我的梦里，两条生命的纽带，以无穷的力量相互缠绕跃动着。我与他们紧密相连，他们促使我前进。我紧紧地抓住他们，他们那生命的力量脉动不止，将两个家族世世代代无尽的活力与耐力注入了我的身体。

我的曾祖父叫亚伯拉罕·齐默尔曼(Abraham Tsimmerman)，种种真实的和虚构的传说使他的形象变得既朦胧又模糊，多年来被许多家族成员不断地反复讨论着。据我听到的故事说，曾祖父 15 岁那年，也就是 1849 年左右被征入沙皇军队。有人告诉我，他是"在伊尔库茨克(Irkutsk)的大街上被人强拉着送到军队里去的，他和他的父母从未收到过任何征兵通知。那时还都是沙皇统治，没有人敢提出疑问"。在军队里，他们企图说服他放弃犹太教，改信俄国东正教，但是他不为所动。有人说，他最终从沙皇军队里逃了出来，到了西伯利亚远离他的出生地伊尔库茨克的地方。我常常想象他独自站在阿穆尔河畔听着浮冰碎裂发出的噼啪的声音，方圆数英里内也许只有他一个犹太人，而他的家在那么遥远的地方。

齐默尔曼诺夫卡这个小村庄就是以他的名字命名的，他肯定是为那个村子做了些什么才赢得这种殊荣的，他在那个村子里肯定有着很高的声望。也许他们是被这个外来者无穷的力量打动了，他抓住了一切机会，创建了成功的商业和一个大家庭。曾祖父在我父亲出生之前就已经去世了，根据犹太人的传统，父亲沿用了这位阿穆尔地区开拓者的名字。

我的祖父戴维·齐默尔曼(David Tsimmerman)出生在哈巴罗夫斯克，但没过多久就迁到符拉迪沃斯托克居住。1916 年，沙皇尼古拉二世在俄国国内发行了 500 册纪念罗曼诺夫王朝的纪念册。纪念册的内容完全是美化帝国的历史，赞颂当时所取得的成就。在这本封面凸印着银色字体的厚厚的纪念册中，有半页印着祖父的相片。他看上去温文尔雅，温柔的双眼，与我仅有的几张照片上的一样。

他身上所具有的某种艺术气质与商业头脑的融合，造就了他成为纪念册中所说的"杰出公民"。在那个时候，他已经积累了一大笔财富，拥有一座面粉厂，一座运送木料到伦敦的木材厂，一条拥有自己的火车和现代设备的铁路，还有一家为符拉迪沃斯托克当地的驻军提供肉类的肉制品厂。他位于博罗丁斯卡雅大街(Borodinskaya)46 号的住宅有八个房间。

祖父戴维家有兄弟六人，整个家族在符拉迪沃斯托克的商界很有势力。他们在铁特溪(Tiv Te Khe)有一座银矿，还有"汉纳姆号"(Hanamet)蒸汽船，以及几家旅馆。他们家族的房子占据了镇上博罗丁斯卡雅和基泰斯卡雅(Kitaiskaya)两条主要道路。尽管偶尔会发生一些反犹骚乱，但这些令人烦恼的麻烦还是可以容忍和被接受的。对犹太人传统的表达通常是女人们的事,而她们又总是报以宽容的微笑。

我的父亲出生在符拉迪沃斯托克博罗丁斯卡雅大街的房子里,是六个孩子当中的老三。他在那里长大,一直到 25 岁时才离开。我曾听人说到父亲:"他一直是她母亲最爱的孩子,她把他宠坏了。"这似乎可以解释他为何性格敏感,充满浪漫情怀,能弹得一手如幻如梦的钢琴,做事优柔寡断,精力充沛却注意力不集中,还有就是缺乏经商的本事。父亲是一个好学生,是犹太复国主义青年组织的成员,他们的组织经常在祖父的书房聚会。在父亲早期拍的多数照片里,他通常都是站在边上,远离摄影师的闪光灯,仿佛他随时准备要逃离那让人无法忍受的刺眼的灯光。

关于母亲的家族,我知道的情况很少。当然,完全有可能他们给我讲过母亲家族的故事,只是我没有留心听,我已经被优雅浪漫的父亲彻底迷倒了。我唯一知道的是,我的曾外祖母是做鲱鱼生意的,在德文斯克(Dvinsk)拥有一所房子,并在那个城市里建了一所犹太教堂。外祖母安雅(Anya)在莫斯科附近的麦斯特可－克拉斯拉夫卡(Mestechko Kraslavka)开设有一家做无酵饼①和制绳的工厂。到夏天的时候,全家人会去斯坦茨雅－查博德纳雅－德维纳避暑。她家族中的先辈,就像从不停歇的巨人,那些亲戚们靠做皮毛和猪鬃生意发家,赫然成了一个个百万富翁。外祖母安雅是个充满活力且极为果断的女人,当她意识到她的孩子们缺乏接受教育的机会时,便毅然

外祖母安雅

将她的长女,也就是我的母亲送往满洲的哈尔滨,她的一个有钱的舅舅家。我母亲那年 12 岁,她从俄罗斯西部翻过草原和高山,历时六个月来到东部。

---

① 犹太人逾越节时吃的一种不发酵的硬面饼。

这段旅程漫长乏味又令人恐惧，旅途中每次一停下来都会叫人心惊胆战，因为当时正处在该死的内战中，白军和红军正激烈交战。等母亲最终到达她的目的地时，已经是 1917 年的夏天了。哈尔滨，这个曾经是农田环绕砖屋土房的小村庄，已经成为中东铁路的管理中心，同时也是迅速发展、充满活力的商贸中心。

20 世纪 20 年代初，我的父亲和他的家族乘坐着他们的"汉纳姆号"蒸汽船去往天津等待俄国革命结束。他们以为革命持续一段时间就会过去，所以没带什么东西。与此同时，我的母亲也随她舅舅一家从哈尔滨前往天津拓展他们家族的毛皮和猪鬃生意。我听说，那时的天津是一个华丽、生机勃勃、商业蓬勃发展的城市。许多国家都在这个既开放又渴望商业投资的中国城市寻找自己的位置。每个国家都在天津建立起自己的小王国——租界，每个租界都有自己的法律，自己的政府机构和大楼。维多利亚道（Victoria Road）贯穿意、法、英、德四国租界①，道路两旁树木成行，还有镶嵌着白色大理石的银行和办公大楼。沿着这条大道可以看到一座座天津的地标性建筑，有戈登堂，一幢雄伟的大楼，里面是英国人的办公机构；利顺德饭店是全城最讲究的酒店，里面有弯曲的楼梯；维多利亚花园里有两座铺着红色瓷砖的凉亭，带格纹遮阳篷的长凳，中国阿妈们经常带着她们照看的小孩去那儿；还有起士林，最受欢迎的面包房和咖啡馆，周日的时候会有四重奏乐手演奏维也纳圆舞曲。我们犹太人没有自己的租界，而是散布在天津的各个地方。犹太俱乐部是我们的支柱，是我们犹太人小

爸爸和妈妈

---

① 该条道路只有穿越英租界一段称维多利亚道，穿越法租界一段称"大法国路"，穿越德租界一段称"威廉街"，今统称解放北路和解放南路。穿越意租界的道路并不与该道路直接相通。

社会一切活动的中心。

1925年，我的父母在天津相识然后结婚。四年之后，我出生在摩西道（Mercy Road）①的一家天主教医院里。据说是几名冷漠的修女给我接的生，只因为当时她们正在祷告，竟全然不顾我年轻的妈妈痛苦求救的叫喊。我想她们也许不太愿意接受这世上又一个犹太婴儿的诞生。

我在父母温柔体贴的抚育下成长。因为爸爸总是有着无尽的幻想，所以他是我儿时最好的伙伴。他在我很小的时候就开始读书给我听，他给我讲俄国幽默作家左琴科（Zhoschenko）写的有趣的段子，唤起我心中对文字的热爱。他还给我读契诃夫、托尔斯泰和普希金的作品，我也爱上了他们的文字里那种纯粹的优雅和韵律。我逐渐长成了一个对一切都很关注的孩子，和我爸爸一样满脑子梦幻与想象。

在我童年的时候，爸爸最早是做代理商，收购花生卖往旧金山。但最让他满意的工作是后来给瑞士领事做行政助理。爸爸非常崇敬并且喜爱他的这位领事上司，全心全力地为他工作，把他歌颂得几乎和神一样。有好些年，我的脑子里都被爸爸塞满了移民去瑞士生活的美梦。

爸爸给了我无数梦想，而妈妈却让我明白要成为一个大人必须具备什么。是她要负责处理各种账单，准备每天的餐饭，还要安排我上钢琴课，带我去看牙医。妈妈在爸爸与我的天地之外的另一个世界里忙活着，让一切都得以顺利向前发展。如果没有妈妈，我们的生活肯定会很艰难，会乱作一团。有她在，生活

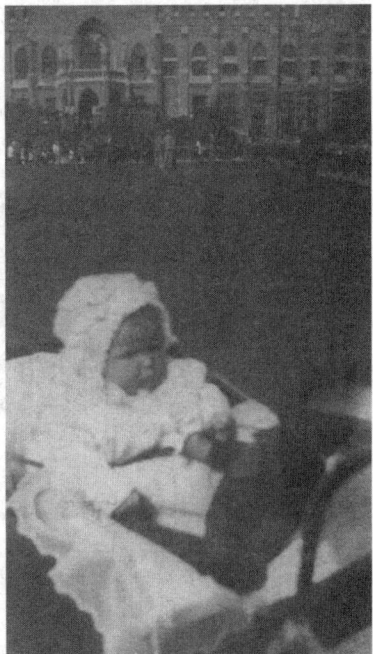

幼年的作者在英租界维多利亚花园

---

① 原文有误。应为 Mersey Road，今南海路。

就像紧紧缠绕好的一团毛线，有条不紊地运转着。她对我和爸爸那些无聊的游戏和不切实际的异想天开总是很宽容，甚至还可能予以鼓励。也许她本能地觉得一个小孩儿不仅需要坚实的基础，还需要有飘浮着白云的天空。我就这样长大了，在我的天性里融合着两个家族的特质。从阿穆尔河畔梦幻般的土地开拓者——我的曾祖父那里，我继承到了无穷的能量；而从充满活力做鲱鱼生意的外祖母那儿，我得到的是充满激情与活力的生活态度。

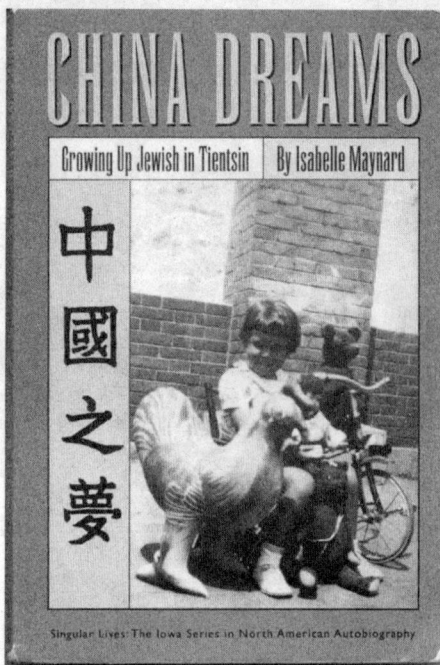

《中国之梦》英文原著封面上，是作者童年的照片

2. 我的阿妈

我长长的头发扎成辫子，很容易打结，乱糟糟的一团。每天早上，阿妈都会站在我身后把它们一一梳理开。她用那纤细小巧如鸟爪般的手指，轻柔而又有条不紊地把那蓬蓬乱的头发理顺。我们并不交谈。我在幻想着清凉的、用氯消过毒的游泳池，幻想着像一把尖刀一样跃入池中，幻想着穿上鞋跟几乎和大人一样高的崭新的红鞋。这些想法轻轻地、慢慢地在我眼中掠过。我虽然没有看阿妈，但我知道她就在我身后，穿着褪了色的蓝衣裤。她缠足，双脚被裹成畸形的三角状的一团。她每天就是踩着这双小脚，蹑手蹑脚地在各个房间出入，一点声音都没有。

在我们这个城市里，每个有钱的人都雇有一个阿妈。娇小的中国女人——保姆们——从乡村进到城里，在外国人(白人)的家里做低贱的仆人。她们把自己的孩子丢在家里，去照顾别人的孩子。整个村子几乎所有的妈妈们都出去当保姆了，村里各家的主要经济来源就依靠这些外出当仆妇的女人们。没有笑容,黑眼睛孩子们,就这样过着无声的、没有妈妈的生活。

我曾看到过我的阿妈找人代她写信,她向代笔人口述的时候目光注视着远方。但是我不知道她在说些什么,因为我一点中文都不懂。

都弄好了,她说着把我那套上面有浮雕图案的银质梳子和刷子放到天蓝色的梳妆台上。一切都弄好了。

每当下起暴雨的时候,我都会把我的鞋脱在门外,光着脚进屋。而每当我推开门的时候,阿妈都像一个哨兵那样在门边安静地等着我。她会给我拿来一把椅子让我坐下,然后她就像一个温柔的舞者,弯下身子去揉搓我的脚,并不停地呵着热气来暖我的脚。我低头看着她那满头乌黑发亮的头发,从中间直直地分开,把她的头分成完全对称的黑色的两半。她呼出的热气如蒸腾的云雾将我笼罩。她示意我脱下身上的湿衣服,她把它们叠起来拿出了房间。她又踮着她的小脚,小心翼翼地把从衣服上滴落在地上的雨水用拖把擦干。等她再回来时,手上拿的是熨烫整齐的干净衣服。

我的阿妈对我身体的每一处都了若指掌:她能辨出我的气味,她知道我内衣上留下的污渍透出的秘密,她了解我左边头发的乱结更难梳理,她还见过我的身体在未铺好的床上留下的皱痕。但是我对她却一无所知,甚至连她的名字我都不知道。

阿妈(左)与我家的洋车夫崔(中)及其家人

我的红鞋穿久了,后跟磨平了,我会拿给阿妈,告诉她可以带回去给她的孩子们穿。她垂着眼睛，矜持地向我道谢。我想象着那双红鞋穿在一个曾经没有鞋穿的孩子脚上的样子，她的年纪也许与我相仿；也许这双外国的红鞋让他们灰蒙蒙的小村庄变得明亮起来。阿妈有多少个孩子呢？我不知道，也没问过她。他们于我而言，只是"阿妈的孩子们"，而她，只是我的"阿妈"。

一天，爸爸把巴迪(Buddy)带回了家。巴迪是一只毛发乱蓬蓬、浑身不停打颤的小狗，它的两条腿被严重地压伤了。爸爸发现它的时候，它正趴在一辆黄包车下哀鸣。不久之后，巴迪的腿伤养好了，但是它却从此小便失禁。它在房子里四处留下一摊摊闪着亮光的小水洼，到处是刺鼻的尿骚味，我们光滑的镶木地板上留下了许多明显的黑色污痕。这成了阿妈的又一桩苦差事，她要时时刻刻警惕地跟着巴迪，从一个房间到另一个房间。巴迪好像很开心地领着她跑来跑去，毛皮覆盖的小脸上露出幸灾乐祸的表情。阿妈低声地嘟囔着，我不清楚她在说什么，那声音听上去像愤怒的咒骂声。

一天晚上我做了个梦，梦见阿妈杀了巴迪。梦见她拿着为我们做饭时用来切菜的剁肉刀慢慢地、有条不紊地把它剁碎了。在梦里，她跟长相都差不多的中国女人抱怨说，白人的狗把她的生活弄得好悲惨。那群女人都长着一张如新月般的圆脸，毫无表情。阿妈一边剁着，她们一边点着头。

我惊醒过来，浑身是汗。我看到窗外一轮明月近在眼前，看上去就像节日挂起的灯盏。我蹑手蹑脚地走出房间，走向阿妈的房间。她的房间距我的房间仅有几步之遥，是一间很小的、没有窗户的仆人房。她躺在一张薄薄的床垫上，身上盖着被子。我能看到她的呼吸，每一次呼吸都很纤细微弱，几乎都是在表示歉疚。我在那儿站了许久，然后带上她的房门回去躺下睡了。我会把这个噩梦埋进深深的洞穴里，然后用柔软的被褥将它盖住。

她为我做了一切，我却从没为她做过任何事情。我应该为她做些什么，但又不知道该如何做。

3. 第一天去上学

我站在天津美国学校的门前，抓着妈妈的手，当时只会用英语说"请原谅"。我在嘴里翻来覆去地重复着这几个字,它们是我增强信心的祈祷词,我的护身符。进入幼儿班的第一天,因为要替自己寻找理由,我将这句话重复说了许多遍。每次我总是被带到一间虽然很小却擦得很亮的盥洗室里,乳白色的瓷砖,颜色鲜艳的粉红色毛巾,还有小孩用的坐便器。我觉得待在盥洗室里很安全很舒服,希望自己能一直待在那儿。但是门外轻轻的敲门声总会提醒我,我还得回到房间里。

在这所由美国使馆管理的学校里,班上都是美国孩子,只有我是个例外。我能上这所美国学校,还要归功于我的海伦(Helen)姑妈。海伦姑妈是美国公民,也是我们这个家族里很厉害的权威。她总是发施号令,做各种重大决定。海伦姑妈认为我要得到最好的教育就要进一所美国学校。她跟美国使馆说她已经收养了我,他们竟然没有要求提供任何证明便批准了她的请求,并把我安排在芬克(Fink)夫人的幼儿班里——会有谁能抗拒海伦姑妈那火辣辣的黑眼睛和时髦的装扮呢!

从上学的第一天起我就爱上了芬克夫人和她的班级。整洁的书架上摆放着五颜六色的书籍,外面包着皮的课桌能很轻松地坐进去,院子里还有能飞上天的秋千。周六的时候,我会因想念我的学校而有一种难以摆脱的新的渴望,于是我偷偷地溜进无人的操场以确定秋千和校舍都还在那儿。我在操场上拼命地荡着秋千,荡得好高好高。然后,我开始复习我新学到的词,那些词甚至连爸爸妈妈都不知道。我就在风里大声地喊着:"我叫伊莎贝尔,我五岁,我会说美国话。"

4. 合欢树下的绿荫

8月炎热的一天,阳光闪耀,我本来可以进入圣玛利亚·玛格达里娜(Saint Mary Magdalene)修道院,穿过铺着瓷砖、凉快的走廊,进到幽暗的教堂里,结果却被拦在了大门外。这所修道院位于天津欧洲租界以外,是一群修女怀着教育中国人、改变其宗教信仰的目的在几十年前建立起来的。在我八岁的时候,每周都要去那儿上一次法语课。每次我都是坐在爸爸自行车的横梁上，当他推车爬上达文波道(Davenport Road)①通往修道院的斜坡时，我都能听到他在我身后沉重的呼吸声。我们途中会经过国际游泳池，下课之后我就可以潜入那超级凉爽而且用氯严格消过毒的池水中。我们还会经过已经废弃的民园(Min－Yuan)足球场②，还有维多利亚花园，里面有座砌着红色瓷砖的凉亭。在伏天里，爸爸会在头上顶着一块手巾来遮挡那炽热的阳光。他把手巾的四个角打上结，使它看上去就像一顶小绒线帽。但我从来不戴帽子。妈妈说我不会中暑，因为我是在这出生的，所以我就是本地人，对酷热有抵抗力。

从修道院向北看是英租界的达文波道，而它的南门却直通法租界的圣路易路(rue St. Louis)③。这座灰色的高大建筑就这样横跨了两个世界。在这样的 8 月天，大街上几乎没人，只有几个中国仆人蹲在门口或者是在地上满是灰尘的合欢树下，用大蒲扇扇着风。他们端着瓷杯子小口呷着热茶，杯子里冒出的蒸汽与午后的热气混杂在了一起。

爸爸在修道院门口把我放下，说一个小时之后会来接我。我看着他的自行车消失在朦朦胧胧的热雾之中，然后走进了修道院门前的小花园。站在修道院那上面有雕饰的黑色大门前，我感觉我的红色泡泡纱裙被汗渍粘在了我的大腿和肚子上，我渴望着进到里边阴凉的地方。

门开了，一个我不熟悉的修女高高地站在我的面前，她用一只手把门仅仅打开一半，低着头看着我。

"嗯，"她只吐出了一个字。我弄不清楚她的语气是肯定还是疑问；她几乎又是哼着说，"嗯……哼。"

"今天是周二，我来上法语课，"我说。

"哦。"

我抬头看着她，她黑色长袍的褶皱有斑斑点点的磨损，额头上扎着白色的束发带僵硬又洁白。她的脸上没有一点汗渍，而我浑身都已经湿透了，我

---

① 今建设路(营口道至开封道段)。
② 民园足球场不在这个街区，作者记忆有误。
③ 今营口道。

能感觉到一滴滴的汗珠顺着我的脊背往下淌。

"是四点的课。我通常都是四点来的。"

"嗯……哼",又是含糊不清的语调。她看上去冷酷又遥远,非常的冷漠。我不明白她为什么不让我进去。我能感觉到阳光在灼烤我的后背。

我突然想起我可能来早了,于是看了看我的新手表,我发现的确还差十分钟四点。

"我早到了十分钟。我可以进去等玛蒂尔德(Mathilde)修女吗?"

她不做声,只是盯着我。我发现她的眼睛是亮蓝色的,有点接近紫色。"转过身去,"她的声音柔和却透着威严。

"转过去?"

"对。"

我缓缓地移动双脚转过身去,感到她会看到我后背的汗渍,颇有些尴尬。我心里奇怪,她的长袍里面穿了那么多层衣服,如何保持凉快的呢?

我觉得她审查了我足足有五分钟,然后说:"今天你不能进去。"

"不能进去! 为什么?"

"你的裙子露背,又没有袖子。"

"可是我夏天都是穿这种裙子的啊。这是吊带式露背连裙装,你知道的。夏天穿着凉快些。"

"你穿成这样是不能走进主的殿堂的,这样是对主的不敬。"

"可是上周玛蒂尔德修女就让我进去了。上上周也是。"

她沉默了一会,目光终于离开了我,"玛蒂尔德修女还只是个见习修女。"

"可是,我爸爸要一个小时之后才来接我,那我要上哪儿等啊?"我一想到要在赤裸裸的大太阳下坐整整一个小时,就感到恐慌。

"找点事情做。你可以复习功课。"

我无可奈何地看着她。她的手依然放在门上。这个时候,没有比让我那滚烫的双脚能踩在冰凉的格纹瓷砖上更诱人的了。

"是谁在那儿?"我听到院里传出了一声法语。

"是那个来这上课的犹太小女孩。"她一边用法语回答，一边开始关门。

"可是这外边一点阴凉处都没有。"我说道。

"嗯，"又是令人费解的腔调，"我们打算明年种些合欢树。"她转过身打算离去。我往前走了一步，想问她的话是什么意思，但是她已经把门关上了，台阶上只剩下了我自己。

我环顾了一下这个陌生的小花园，发现我从未在这儿待过。花园里没有树，仅有几棵挂满灰尘的灌木，叶子都成了灰色。一个角落里有一丛高大的向日葵，算是给这个花园增添了些许亮色，但是没有任何阴凉。我坐在台阶上，从笔记本上撕下一页纸，用两个发卡把它卡在头发上做成一个遮阳帽檐。我试图检查下我的家庭作业，却发现一点兴趣都提不起来。"那个犹太小女孩，那个犹太小女孩，"这几个法语词在我脑子里翻来覆去。刚才从修道院里传出的那个不知是谁的声音，那声音并不严厉，那些话却让我在阳光暴晒下浑身打颤。我无精打采地在狭小的花园里来回瞎转着，脚下踢着土堆里的小圆石头，盼望着爸爸能早点来。但是我知道他一贯守时，肯定要到约好的时间才会出现。一块石头被我踢翻，一只巨大的蜘蛛一下子暴露了出来，它仓皇地逃往安全的地方，蒙着一层灰尘的身体不住地颤抖。从修道院里走出来一个中国仆人，开始打扫台阶，但是很快她就停止了，因为被扫起的阵阵尘土都浮在浑浊的空气中，很快又落到了台阶上。

五点整的时候，爸爸在花园门的那头跨在自行车上冲我招手，我飞奔过去，爬上横梁。我们一如往常，默默地骑过那安静的街道，太阳依旧毫不留情地灼烤着我们的肩背。到家后，妈妈问我课上得怎么样。"我根本就没上课。"我告诉她因为我的吊带露背裙，他们不许我进入修道院。"那可是我新的红色泡泡纱裙，"我特意强调了一下，"很漂亮的那件。"

妈妈有些糊涂了，"你上周不也是穿这条裙子去的吗？"

"是啊，"我说，"但是今天她们不让我进去，是个高个儿修女。她还说玛蒂尔德修女让我进去，是因为她是个见习修女。什么是见习修女啊？"

"见习修女就是新的还没有经验的修女。也许玛蒂尔德修女是刚进修道院，还不懂规矩。"妈妈坐在那儿，手指轻轻地敲着额头。这是她每次要做出决定之前的习惯动作。"我们只是需要考虑一下怎么解决这个问题。我会想出办法的。"妈妈爽快地说。

要吃晚饭的时候，妈妈说她已经想出了一个绝妙的主意。她和我说，我们可以为我的露背连衣裙缝上小披肩，我穿连衣裙去上课的时候就可以盖住后背和胳膊。我看着妈妈，看她是不是在开玩笑，可她脸上没有一丝笑意。

"我为什么非得这样做啊？"

"因为那是她们的房子，她们有她们的规矩。你去那儿就必须守她们的规矩，不能冒犯别人。另外，那儿是学习法语最好的地方。你明白这个，就不要再抱怨了。"

"为什么呀？"我仍然坚持着。

"你必须学着去迁就，去容忍一些事情。这等你长大就会明白的。"

妈妈继续跟我说明天我们要如何做，要去找当初给我做露背连衣裙的费尔德曼（Feldman）夫人，再让她给我做几个和裙子相配的"漂亮小披肩"。

"我讨厌披肩，"我说，"凡尼雅·斯图夫曼（Fania Stoffman）才穿披肩，因为她是个驼背。"我经常在街上看到凡尼雅，她总是穿着丑陋的矫形鞋和遮盖她的驼背的披肩，低着头贴着墙急促地走着，仿佛要挤入墙壁里一样。

"别吵了。"妈妈说。这个话题就这样结束了。

第二天，妈妈和我去见费尔德曼夫人。我们是傍晚去的，因为会凉快一些。费尔德曼夫人住在一条小胡同里，她的两间小房子里凌乱地堆放着一卷卷的布料，旧的《时尚》杂志，还有从美国弄来的蒙哥马利－沃德百货公司（Montgomery Ward）的商品名录。战前她在帕萨迪纳（Pasadena）①的一个妹妹总是定期给她寄这些杂志。几个月前，我就是从这些杂志里为我的夏天选了这款裙子。费尔德曼夫人在屋子里快步地转来转去，给我们展示各种布料，并建议我们挑选一种与裙子花色差异明显的料子来做披肩。她说，她会用小钩扣来固定披肩，这样比较好摘掉。她的肩上搭着好几种布料，嘴

---

① 美国加州洛杉矶地区的一个卫星城市。

里叼着大头针，在我们身边手舞足蹈地跟妈妈说着要怎样处理这些那些。"我们将会引领一种新的流行趋势，一种新的时尚，"她用哼唱的腔调说到。

离开费尔德曼夫人的家，我觉得很沮丧，心情很烦躁。一路上我都在跟妈妈抱怨："我就要变成和凡尼雅一样了，一个驼背。我可以穿我其他的裙子啊，穿那些有袖子的裙子。"

"那些裙子夏天穿太热了。像这样的话，你只要在每周二去上课时戴上披肩，穿一个小时就够了。你一离开修道院就可以把它摘掉，还是穿着你时髦的吊带连衣裙。"

"可你为什么不能去跟修女们谈谈，请求她们让我穿我自己想穿的衣服呢？"

妈妈忽然在马路中间停了下来，松开了她一直牵着的我的手。她脸上的表情显得很茫然，眉头紧皱，显得很苦恼。"我跟修女们说不上话，"她说，"连你的学费都是寄给她们的。"

"可这是为什么呢？你为什么跟她们说不上话呢？"

"她们信天主教，那是另外一个世界。她们生活在她们的世界里，我们生活在我们的世界里。总有一天你会明白的。好了，走吧，去起士林吃个蛋卷冰淇淋怎么样？"

我一点都不明白。事情好像总是越来越让人困惑不解。"小犹太人，小犹太人"这几个词一直在我脑海里反复播放着，就像留声机的唱针被卡住了一样。

我们默默地走过两个街区，到起士林吃我最喜欢的冰淇淋。我点了起士林的甜品酷其卡（kuchka），用巧克力和酥薄饼混合制成的一种冰爽甜品。但是我无论如何都吃不出以往那样美妙的味道。我一定是一直闷闷不乐地坐在那儿，因为妈妈甚至提议说去看电影，要知道通常是只有周六下午才能去看电影。我拒绝了，说我累了，只想回家去。

过了一个星期，妈妈取回来两个小披肩。她和爸爸都对这两个披肩赞不绝口，直夸费尔德曼夫人是个天才。披肩是正反面都可以穿的，就相当于我有了四个披肩。它们从我的肩上垂下，就像一双翅膀一样。"我保证这样

起士林咖啡馆

修女们肯定会让你进去的。"爸爸妈妈高声地说到。

接下来的周二,爸爸像往常一样在圣玛利亚·玛格达里娜修道院的门口把我放下。在进门之前,他下车帮我把披肩扣到裙子上。"真的很迷人。"爸爸说。

我倚在自行车上,看着又高又帅的爸爸问道:"为什么?为什么我不能穿自己想穿的衣服?"

爸爸叹了口气,轻轻拍了拍我的头说:"高兴点。"然后他开始笑了起来,边笑边凑到我耳边小声说:"这披肩让你看上去就像个小天使。披肩就是你背上生出的翅膀。你现在已经和它融为一体了,我的犹太小天使。"我想到了修道院里胖胖的小天使的画像和雕塑,也开始笑了。我们俩一起放声大笑。

"那么,现在觉得好些了吧?"爸爸问我。

"嗯,好点了。"我答道,尽管那个披肩正划蹭着我汗湿的皮肤。我走向修道院的大门,这回是玛蒂尔德修女开的门。我犹豫了一下,不知道她是不是也会让我转过身去。

"进来,快进来。"她边说着边招手示意我进去。

我跟在她身后,沿着那地上铺有清凉瓷砖的幽暗的走廊向前走着,两旁的白色石膏雕像在黑暗中显得洁白明亮。在走廊的尽头,我可以看见那显得极其痛苦的耶稣雕像。和往常一样,当我们走近那个半裸的雕像的时候,我把目光移开了。我在想,为什么他这样裸着就可以,而我却要穿这么多,还要戴着披肩。玛蒂尔德修女在耶稣雕像前单膝跪下,她黑色的袍子像扇子一样在她身后铺展开。每次她行使这一礼仪时,我就在一边等着,心里觉得有一点点恶心,当她完成仪式时我就很开心。然后,我们就可以上楼,再走过另一段幽暗的通道就到教室了:我们像往常一样坐在窗户边各自的位子上,玛蒂尔德修女让我开始读《悲惨世界》的第二章。

当我大声朗读的时候,有一只苍蝇在房间的角落里嗡嗡地飞着。午后的热气使我的嗓子干渴,我问玛蒂尔德修女我可不可以去喝些水。当我起身时,我轻轻地摆动了一下我"漂亮"的披肩翅膀,希望修女能够注意到并给我一些肯定的赞许。走出房间的时候我回头瞄了她一眼,她正望着窗外,头微微地偏向右边,用她那美丽白皙的手指摸了摸嘴唇。她没有回头,而是心不在焉地嘟囔着:"伏天应该快过去了吧。我们就要种合欢树了。再过几年,它们都长大了就能给我们遮阴了。"我在门口停了一下,想听她会不会再多说些什么。我觉得她肯定知道上周的那件事情。但是玛蒂尔德修女还是望着窗外,什么也没说。热气蒸得我头疼,我渴望着清凉的泉水流过我干渴的喉咙。

5. 被抛弃者的土地

半夜,为了让自己听不到隔壁房间传来的压低的喊叫和哭泣声,我把大团的棉花塞进耳朵里。可是,各种可怕的问题如同一股股烈焰,都快把我的脑袋烤焦了。我想问爸爸妈妈，"为什么你们老是吵架?"但是这个问题一直也没有问出口。到了早晨，我企图寻找他们吵架的痕迹，诸如凌乱的衣服、哭红的眼睛，或者疲惫的神情。但是我的爸爸妈妈每次都是愉快、开心，开始新的生活。他们爱我，爱到连骗我都是全心全意的。

有时候我会把棉花团取出来听他们吵架。

"我们就这样困在中国，这个糟糕的鬼地方。"这是爸爸在生气地叫喊。

"但是这儿的生活也还不错，简单舒适。"妈妈嘁嘁喳喳地说到。

"这是被抛弃者的土地，是无国籍难民的国家。"爸爸大声喊了起来。

"嘘，小点声，你会把她吵醒的。"妈妈低声说。

"我们得离开这儿……不管怎样都得离开。"爸爸怒气冲冲地低声吼道。

他们的争吵让窗户都格格作响，就像我的脚下发生地震产生的回声。昨天夜里，他们嚷嚷着，恶狠狠地说着什么"婚姻"还有"忠诚"之类的话，火药味很浓。每个夜里都会有不同的问题引发战争。我只能更深地蜷伏在潮湿闷热的花被子下边的那个世界里，用大团棉花把自己武装起来。这样我就能将这一切挡在我的世界之外，不去理会他们夜晚那令人沮丧的暗流，用他们白天阳光灿烂的爱来抚慰我自己。我不要争吵，我希望永远待在这儿，这是我的土地。

6. 流亡者布雷弗曼

布雷弗曼(Braverman)是一个 DP(displaced person)，也就是流亡者。他小心翼翼地走进我的生活，几个月之后又悄无声息地离开，踪迹全无。他留给我的是印在我心头的一个永远也擦不掉的印记，就像我左边大腿上因天花而留下的痕迹一样。他闯进我的生活时，我才十岁，但我觉得他那时已经很老了。那三个月，他住的地方与我的房间仅仅隔着一道薄薄的墙。

那时，我们住在祖母位于达文波道的房子里，对面是被厚厚的围墙围着的英国大使馆，几个街区之外就是浑黄的河水缓缓流动的海河。祖母住在楼下靠门最近的那个房间，这样比较方便，使她可以在门铃响起时先去开门。祖母的房间里摆满了各式各样的相框，镶着世界各地的亲戚的照片。有在旧金山的伊赛尔(Ethel)表姐，她长得很像好莱坞明星洛丽泰·杨(Loretta Young)；有在澳大利亚的哈雅(Haya)姑妈，还有在纽约的蒂娜(Dina)姑妈。而我从未离开过中国北方。我时常会站在那些照片前，试图透过他们呆板的摄影姿势看到整个世界，但我看到的都是照相馆千篇一律的背景。

祖母和姑姑

爸爸妈妈和我住在二楼的两个房间。我们房间过道的对面住着我的叔叔婶婶。四楼住着莱夫(Leff)太太，是个上了年纪的寡妇。三楼住着布雷赫特曼(Brachtman)一家，夫妻俩和他们的儿子。祖母隔壁的房间住着基普尼斯(Kipness)夫人和她的女儿薇拉(Vera)。离厨房最近的那间房则住着勒曼(Lerman)一家，有勒曼先生和太太以及他们的儿子班恩(Ben)，还有一架大钢琴。在厨房外一侧还有两间没有窗户的昏暗的房间，住着我们的两个中国仆人。尽管他们已经在我祖母家干了很多年，但我们仅仅知道他们一个是"厨子"，另一个是"伙计"。

在祖母这所房子里，一共住着 17 个人。我们这 17 个人，无论是吃饭、睡觉、交谈、做爱、吵架还是装扮，哭也好，笑也好，都在这同一屋檐下。人们不论干什么都是默默地、轻声细语地进行。每个人都很谨慎，对其他人的靠近极为敏感。

整座房子只有一间盥洗室，大家轮流使用，从未有你争我抢的时候。每个人的身体机能都很好地适应了这种生活，严格遵守着这一不成文的顺序。楼下的住户先用，然后才轮到楼上的住户。莱夫太太因为年纪大了，所以有特别的优先权。不管什么时候，只要她需要都会先让她使用。每当这时，她总是腼腆地小声说着："谢谢，谢谢!"基普尼斯太太年纪虽然不大，但是却有个"虚弱的胃"，因此她也同样得到优先待遇。她总是羞涩地垂下双眼，悄声地溜到排头。我们小孩子通常是最后使用。

一天，当我们正排队等着使用盥洗室时，妈妈拿着我们俩的毛巾和肥皂跟我说："你得让出你的游戏室了。"

"为什么啊？那根本都不算是一个房间，只是个储藏间而已。"我指的是那个将我的房间和爸爸妈妈的房间隔开，从未使用过的大储藏间。那个储藏间有扇窗户，但没有门，而且很小，根本没法住人，一直被我用来存放玩具和娃娃了。我越来越喜欢那个地方了。妈妈在空门框上给我挂了一个花边门帘，用图钉固定住。我经常躺在那地板上，看阳光透过门帘的花边，将花边图案映照在墙上。每天下午四点，班恩·勒曼练习弹奏钢琴时，轻柔的钢琴声都会穿过楼板的缝隙传进我的耳朵里。

"有一位布雷弗曼先生要来。鲁道夫·布雷弗曼（Rudolf Braverman），是从德国逃出来的DP。他要住在那间房里。"

"他什么时候来？"

"明天。过一会儿你最好把你的东西都拿出来。"德国难民正渐渐地涌入我的生活。我们班新转来一个叫伊娃（Eva）的女生，是刚从柏林来的。一个从不莱梅来的牙医，在维多利亚道上开了一家牙科诊所。还有一位刚从汉堡来的耳鼻喉专科医生在摩西道开设了诊所，我还去请他为我检查过。

"那只是一个储物间，住不下人的。而且还紧挨着我的房间，离我的床也就几英寸而已。"我呜咽着说，对一个陌生人忽然闯入我的生活感到惶恐不已。"那你们能在那儿安上一扇门么？"我恳求道。"如果来得及的话，也许可以。"妈妈回答说。我开始想象那个男人的样子，他说话的口音肯定是极其难听刺耳，也许只会讲德语。一个陌生人，一个外国人，扑通一下就掉到我的旁边了。周围邻里来了新人是一回事，可一个完全陌生的男人要住进我们的房子，而且是住在我隔壁的房间，这又是另外一回事了，是我完全无法接受的。

"好了，那房间住一个人还是可以的，不行也得行。他付不起多少房租。"妈妈说着就进了盥洗室，已经轮到她了。

"什么是 DP？"我问排在我后边的班恩。班恩长着一个大脑袋，大得和他的身体很不协调，戴着一副特大号的角质眼镜。人们总说他是个天才，总有一天会飞黄腾达的。他努着嘴，像是要吐的样子，然后说："DP 就是流亡者。你这个笨蛋，难道你不知道吗？布雷弗曼是从纳粹集中营里逃出来的。他很有可能受过拷打，也许病得很厉害，还有可能失去了许多亲人。我听说他的女儿被杀害了。大人们从来不跟我们说这些事情，但是我还是听到了，我听到了。"

我不喜欢班恩，但是对他又怀有几分敬意。他似乎了解大人们的世界，总是生活在大人们的各种讨论和闲谈的边缘，每次大人们说话时总会跟我说，"去，一边玩去"，但班恩却被允许待在旁边。他讲得有关即将要来的布雷弗曼的故事让我更加忧虑了。现在我的身边不仅仅是要出现一个陌生人，还有可能是一个病快快的、女儿被杀死的人。我忽然想，也许他的女儿年纪跟我差不多，她会叫什么名字呢？我感到很好奇。一阵紧张的兴奋感在我的身体里划过，我赶紧倚到墙上支撑住我自己。

那天，我把我的宝贝们都运回了自己的房间。妈妈把花边门帘取了下来，挂上了一条厚厚的褪了色的被子。厨师和伙计搬来了一张行军床，还有一个小床头柜。他们在墙上钉了几个钉子，又拿来了一盏又高又细的台灯，上边罩了一个褪了色的带有流苏的灯罩，大小很不合适，再系上一根绳子，整个房间的装饰就算完成了。"好了，一切都为布雷弗曼先生准备好了，"妈妈告诉我说，"他经历了不少事，应该很累了。"

整整一天，我都在等着布雷弗曼先生的到来，一会儿向窗户外张望，一会儿站在门口等，甚至还到门外小花园里望了一阵。我想要在他看见我之前先看到他。我想知道这个"闯入者"有多高，长什么样，还有他身上有什么味道。就像我切除扁桃体之前要先看看手术室一样。我先看到他对我有利，会让我占上风。我一直等待着布雷弗曼，但是他始终都没有出现。

我回到自己的房间，里面堆满了从储藏间里转移出来的玩具，我上床睡觉了。半夜，我像往常一样醒来听着夜晚的声音。我听到莱夫太太悄悄的咳嗽声，还有她用热水冲咳嗽药时调羹和杯子的撞击声。她的房间里摆放着炉子,炉子上的水壶热开水用来冲药。接着,听见楼梯嘎吱作响,有人蹑手蹑脚地上楼来上厕所。几分钟之后,传来厕所低沉的冲水声。另外还有已经损坏的百叶窗轻轻叩击外墙的声音。这些都是我熟悉的声音。但是,忽然多出了一个新的声音,一个我不知道该怎么描述的声音。一种轻微的什么东西破裂的声音,很柔和,有些沙沙的声响。是从储物间传出来的!啪嗒,吱呀吱呀……这是什么声音呢?我努力地去分辨,却还是听不出那是什么声音。房子里又安静了下来,一阵睡意袭来,我又沉沉睡过去了。睡梦中,我梦见一只硕大的老鼠在咬着奇怪的红色小球,而背景是班恩精力充沛地一遍又一遍地弹奏着《月光奏鸣曲》。

第二天早上,我拿着牙刷和毛巾在走廊里碰到了一个陌生人。他的手里也拿着牙刷和毛巾,我们俩显然都是去盥洗室。那人个头很小,瘦骨嶙峋的,这出乎我的意料。他耳边垂着缕缕白发,蓬乱的胡子把嘴唇都遮住了。他走路时踮着脚,轻飘飘的,好像脚一碰到地面就会疼一样。一看到我,他犹豫了一下,诡秘地四下望了望,半睁着的眼睛垂了下去。他低声说了句外语,听起来好像是在道歉。然后,他喀嚓一声碰了一下脚后跟,像只螃蟹一样退回到储物间去了。他让我想起了在海滩边逗弄的海葵,每次我用脚趾头一碰,它便会闭合起来缩了回去。我忽然生出一个有趣的想法,也许我才是那个"闯入者",而他是个受到惊吓的大人么?

我用最快的速度刷完牙梳好头,然后飞快地跑回房间。我把身体贴在储物间的门帘上,尽量不让自己触动门帘,努力地听着储物间里的动静。我知道布雷弗曼肯定在里边,我看见他走进去的,可是门帘的那边却一点声音一点动静都没有。我有一种掀开门帘往里张望的冲动,但意识到那是一种突然袭击,便很快抑制住了。同时,我的大脑里马上又涌出了公平、隐私、体贴等想法。我学着耐心起来。

接下来的几天,我一直没见到布雷弗曼。显然他是刻意地要避开我,连用盥洗室的时间都跟我的错开。我想象着他等到房子里大部分人都出去工作之后,或者也有可能是等到半夜我们都睡了之后,他蹑手蹑脚地走出储物间去盥洗室的样子。我认定,布雷弗曼所做的这一切都是为了避开我,这更让我充满了好奇。我急切地想把这些向班恩炫耀一番，但最终还是决定不跟他讲。毫无疑问，班恩肯定会推翻我的想法，或者用一些我听不懂的话，给我一个截然不同的解释。

不久之后的一天夜里，我再次被那个轻微的碎裂声给弄醒了。这一次我强迫自己保持清醒，竖起耳朵听着。那声音确实是从储物间里传出来的。可是，储物间里没有亮灯。也就是说，不管布雷弗曼是在干什么，他完全是在一片漆黑之中进行。我听到他的行军床嘎吱嘎吱在响，有什么东西刷蹭地板发出很重的声响。然后，我听到纸袋打开发出嘭的一声，紧接着是间隔均匀的碎裂声。我在大脑里猜测着一切有可能发出这种声响的事情，他在整理他的箱子？刷牙？挠墙？还是在掩埋小尸体？最后的这个想法，马上让我起了一身的鸡皮疙瘩。最终，我断定布雷弗曼是在半夜剥花生。那个噼啪的声音至少持续了半个小时，然后我听到纸袋合上的声音。我的第一个发现让我感到一阵胜利的喜悦突然袭上心头。原来布雷弗曼是在半夜吃东西，而且他吃的是花生。

当我正要睡着的时候，忽然看见我的门口有一团黑影（因为怕黑，我夜里总是开着门睡觉），看着这个可怕的幻影，我感到了一丝恐惧。那团黑影一动不动，只是一直朝我这个方向看。然后，他开始小声哼着一首歌，那些歌词我都听不懂，但是那曲子却出奇地使人平静，而且隐约觉得有些熟悉。就这样我睡着了。

第二天早上去盥洗室的时候，我在走廊里碰到了布雷弗曼。我去得比平时要早，我想布雷弗曼不曾料想会碰到我。他穿戴齐整，上身是一件旧西服，胳膊肘和袖口都有些磨损；头上戴着一顶皱皱的浅顶软呢帽，帽子上还沾了一些油渍；脚上穿着一双旧鞋，两侧还打着补丁。他拿着一个破旧的手提包，上边的扣环是坏的。我想我肯定是让他吓了一跳，因为他停住脚步一动不动地怔在了那儿，嘴里急促地喘着粗气，仿佛想要让自己缩小。我感觉他想要马上离开，从我的面前蒸发掉。他将手提包紧贴着身体，好像要把自己藏在后面。

我冲他笑了一下，脑子里涌出一大堆的问题。我想问他：为什么要在半夜吃花生？为什么要在黑暗中吃东西？我想问他：需不需要一个更好的灯或者是一个手电筒？我还想问他晚上站在我门口的人是不是他？他唱的是什么歌？但是，我只说了一句"早上好"。他盯着我，用沙哑的嗓音小声说了一句"Guten Morgen"（德语：早上好），声音就像是从一口深井里发出来的，然后便匆匆走开了。他的眼神很奇怪，像是充满恐惧但同时又饱含着渴望。我从未看到过那样的眼神，但奇怪的是，我一点都不感到害怕。

我出门的时候碰到了班恩，我们俩都是去上学。我们俩从不一块走，只是偶尔会站在门前台阶上交谈几句。我绝对不想被人看到和班恩在一起。我的朋友们都称他是"怪人"。

"睡在布雷弗曼旁边的感觉怎么样？"他问。

"我不是睡在布雷弗曼的旁边，"我气愤地回答他，"他有他的房间，我有我的房间。"

"他是个性情古怪的家伙，"班恩低声说。

"你说性情古怪是什么意思？"

"他从不跟人说话。上回我刚开始跟他交谈，问他关于希特勒的事，他只是看了我一眼就逃走了。"

"也许有些事情他不想谈论。"我说道。同时对自己的发现感到很得意。

班恩瞪了我一眼。"是他的过去让他变得那么令人奇怪的。想听点新消息吗？是这样，昨天我听到基普尼斯太太跟莱夫太太说，布雷弗曼曾经在一个黑暗的地窖里躲藏了好几年。他四周到处都是老鼠。基普尼斯太太还说那个地窖里一片漆黑，人们只能通过地板上的一个小洞把食物扔给他。"

"这都是你编的。"

"我没有。"班恩说着准备走开。

"那好，你没有瞎编，回来再多告诉我一些。"

"好吧，"班恩脸上带着一丝狡黠的笑又走了回来，"莱夫太太接着说，她听说，一天晚上，布雷弗曼不在家的时候，他的家人，包括他的妻子、女儿还有母亲都被人带走了。当他回到家的时候，屋子里空无一人，然后他就开始变得失常了。"

"你说'失常'是什么意思？"我生气地问他。班恩说话的时候总是爱用各种暗示表情，这让我发火儿。

"失常就是失去理性了，发狂了。莱夫太太说，他到处乱闯寻衅滋事并杀了一个人。而且都在那天的晚上"

"这都是你瞎编的，"他的话让我倒抽了一口气，"你在编故事。"

班恩依旧很坚定，"你知道我是怎么想的吗？我认为布雷弗曼应该是用毒药杀死那个人的。"

"为什么是毒药？"我尖叫了起来。

"因为我听基普尼斯太太说布雷弗曼以前是个药剂师，你要知道……"班恩说话的声音越来越小。

"知道什么啊？"我喊叫着说。

"药剂师可以搞到各种药品和毒药啊。"班恩说着抬手看了看他的米老鼠手表。"该走了。"我看着他把书包往肩上一背，跑着走远了。

一方面我坚信班恩是在编造布雷弗曼的故事。他总是炫耀说，他因为好编故事而没有了朋友。可是，他整天在大人们身边转悠，能够零零星星听到一些我们小孩子不准知道的消息。一想到布雷弗曼是个杀人犯，我就浑身紧张得发抖。说布雷弗曼温和、忧伤、神秘都可以，可是绝不能说他生硬粗暴和喜欢暴力。班恩一定是错的。但是，这个故事里有些事听起来像是真的，比方说布雷弗曼过去常常夜里在没有光亮的地窖里吃东西。他已经习惯了在黑暗中吃东西。

连续几周，我都设法将自己去盥洗室的时间与布雷弗曼进进出出的时间合上拍，但是他依旧躲着我。有时候，我还是会被他剥花生的声音弄醒。有一次，我梦见他站在我的床边轻声地哭泣，手里拿着一样东西，我猜测是一把枪或者是一把斧头。我浑身是汗惊醒过来，发现布雷弗曼站在门口，凝视着天空。月光映衬出他的身影，他的两颊闪着光亮，似乎是流着眼泪。

我有一种极其强烈的冲动，想要安慰他，于是在黑暗中低声地说了句，"多么美好的夜晚。"

布雷弗曼像是被什么尖锐的东西戳到了一样，浑身颤抖，打了个趔趄，一句话也没说就奔回了他的储藏间。我忽然产生了一种要保护他的奇怪的欲望,那种感觉就像通常遇到受伤的小动物时的感觉一样。我曾经养过一只受到惊吓、全身发抖的小麻雀。那时我每天拿着食物静静地坐在它旁边不远的地方,花了好几个星期那个小家伙才开始敢在我的手上啄食。对布雷弗曼,我也会一样等待的。

随着夏天渐渐临近,合欢树开出鲜红的花朵,我整天忙碌的事情越来越多。我要去上霍拉金(Hohlachkin)夫人的钢琴课,去瓦汤科(Voitenko)夫人的舞蹈学校上舞蹈课。我期待着夏天来临,期待这些课程结束。布雷弗曼和我之间的关系已经达到了一个平稳轻松的状态。虽然我们从不交谈,但是我允许他站在我的门口看着我。他从未走进过我的房间,就好像有一根不可逾越的魔线将我们俩的世界分隔开来。而我则躺在床上听他半夜吃东西的声音。

一天早晨,我躺在床上,感觉自己像是感冒了,正美滋滋地想着可以不用去上学了,忽然,透过半睁着的双眼,我看到门被缓缓地推开,有一只手伸了进来,轻轻地把一个袋子放在了门口。我等着听那个人离开的脚步声,但是什么也没听到。我那因感冒而有些迷糊的脑子开始做起梦来,我梦到布雷弗曼,他像一只小鸟一样飞走了,消失在早晨的阳光里。我昏昏沉沉地爬起来去捡起那个袋子。袋子上系着红绳,袋子里边装着二十多颗花生,每一颗花生都圆鼓鼓的,闪着光泽,没有一颗干瘪的。很显然,这份礼物是他精心准备的。我凝视着他给予我的这份关怀,心中悄然生出些许得意之情。

那天下午,我们又在走廊碰到了。当时我穿着皱巴巴的家居服,正要去倒一点热茶滋润一下我干哑的喉咙。他向我脱帽致敬,头歪着,两眼从那浓密的眉毛下面认真地看着我。斑驳的阳光包围着我们,我们如同站在一个魔环里一样。尽管我穿的衣服不整齐,但是依然感觉自己很优雅。我觉得我即将长大成人。我想,布雷弗曼可能一点都不老,他也许就是一个中年人。

有一天我放学回家途中,看到布雷弗曼独自一人坐在维多利亚咖啡馆里。他正大口地喝着一碗汤,依然戴着帽子,小小的身躯坐在椅子边上,好像随时准备逃离。我看着他的喉结随着每一口的吞咽上下活动着,左腿抖动着。这是我第一次在我家的外面看到他,也是我第一次看到他吃东西。他看上去显得更小了,鬼鬼祟祟、遮遮掩掩的。忽然,他抬起头来发现我正看着他。他开始发抖,摇摇晃晃地站了起来,盘子里还剩下一堆没有吃完的食物。他看了看四周,仿佛是在做一件见不得人的事被人逮着一样。"布雷弗曼先生",我冲着他说,"我不是有意要打扰您的,您接着吃吧。"但是隔在我们中间的玻璃太厚了,他根本听不到我说什么。他在餐馆里面消失不见了。为了不走前门,他向厨房的方向走去。我忽然生出一个念头,想跑去后门截住他。但是我没有那么做,拦截受伤的动物不是吸引他们注意力的最佳方法。

第二天,我在狄更生道(Dickenson Road)①的瓦斯里熟食店(Vassili's Deli)门外又碰到了布雷弗曼。让我吃惊的是,这次他竟然是在跟一个人交谈。那是一个擦着厚厚口红的女人,穿着红色的紧身裙子和一双超高的高跟鞋,梳着一个高高的后卷式发型。直到我走到他跟前布雷弗曼才发现了我。他紧张地看了一下四周,脸上的笑容瞬间凝住了。汗水顺着他的脸颊流了下来,他拿出一块很大的印花手帕擦了擦,然后急忙离开他的同伴,沿着大街猛冲了下去。他在人群中跌跌撞撞地穿行,左拐右拐地大步跨着向前跑,后衣摆都飘了起来。我一直看着他,直到他消失在大街的拐角,心里思量着我做了什么让他如此疯狂地逃离。他的同伴,也就是那个女人,似乎对这整个事情都完全无动于衷,她点了根烟,闪身进了熟食店。也许她是被派来杀布雷弗曼的纳粹分子,或者是来质问他的。也许她带来了坏消息,又或者她带来了德国的好消息,使得布雷弗曼如此兴奋手舞足蹈地离开了。

我决定去问问班恩,虽然我知道他一定会笑话我。

"你这个笨蛋,"果然不出所料,班恩一副挖苦的腔调抽着鼻子说,"你真是个笨蛋啊。布雷弗曼那会儿正和一个妓女交涉,他看到你,觉得很尴尬,所以就逃走了。就是这样。还纳粹分子呢,你太愚蠢了。"

---

① 今徐州道。

"什么是妓女啊?"我谦恭地问他。

"快长大点吧!你连这个都不知道啊。那个,妓女么,就是靠与许多人性交来赚钱的女人。"

"那你怎么知道的?"我尖叫了起来。这个由一串陌生的词组成的句子弄得我不知所措。让自己出丑还是激怒班恩,我不知如何是好。

"因为我会查字典,难道你从来没查过字典吗?"班恩反问着我,那双被眼镜半遮着的水汪汪的眼睛直盯着我。

"对,我不查字典。但是他为什么会那样局促不安呢?为什么逃开呢?"

班恩甩了一下他的手,"因为你是个小孩。因为我想他可能喜欢你吧,鬼才知道他为什么会这样做呢。因为他不想让你知道他做这样的事情吧。或许也因为他不想让你把这件事告诉你祖母。我不清楚,你自己想吧。"说罢班恩转身走了。

我决定自己解决这个问题。也许布雷弗曼真的喜欢我,也许我让他想起了他被害的女儿,所以他晚上才会站在我的门外看着我。我想我应该想办法进他的房间里看看。也许我能在那儿找到点线索来揭开这个谜团。

第二天,我看着布雷弗曼提着他的旧手提包出了门。我站在那个棉门帘前,心怦怦跳得很厉害,只要我沿着中间向前迈一小步就能进入布雷弗曼的隐秘世界了。自从我的娃娃和玩具都搬走之后,我还没见过储藏间里是什么样子。我会在那里边发现什么呢?骨头?还是他家人的骸骨?我掀开门帘,飞快地钻了进去。里面比我记忆中要小很多,一间狭长条的小房间,长不过七英尺,宽不过四英尺。祖母给的毯子细心地铺在行军床上。一件褪色的毛衣和一件雨衣整齐地并排挂在两个钉子上,旁边还有两个钉子空着没有挂任何衣物。这让人心里生出怜悯之情。显然,布雷弗曼只有这两件衣服。墙上没有挂照片,屋里没有书,没有拖鞋,没有地毯,甚至连一个枕头都没有。一件衬衣整整齐齐地叠着用来充当枕头。房间里显得非常凄凉。我能听到这凄凉的声音,也能嗅到凄凉的气息。

阵阵伤感袭来,那种伤感就像我最喜欢的小狗死去,我最好的朋友告诉我说她要离开,或者冬天大树枯萎,你无法想象他们何时才能再变成绿色。

这个房间里没有任何线索,只有忧伤。

"你真的不该来这儿,"妈妈站在门口说。

"这……这太让人难过了。"

"布雷弗曼先生是个不幸的人,一个非常不幸的人。"

"为什么他什么东西都没有呢?多些物品也许能让他快乐一些。"

"那些物品也许会让他想起往事吧,那些伤心的往事。物品有时候会唤起记忆和伤痛。也许布雷弗曼先生认为,如果他什么物品都没有的话,他就不会有痛苦了。"

这真是个让人无法理解的想法。物品总是能让我得到安慰。我睡在我的毛绒动物堆里,脚边还有两只猫。没有任何物品,布雷弗曼怎么能生存呢?去找班恩是没用的了,他最近似乎越来越易怒了,而且他每天练习钢琴的时间延长到了三个小时。楼里的人们传言说,班恩正努力练习,要去上一所音乐学校成为一个伟大的钢琴家。但是,自从战争开始后,很多年都没有人离开过这个城市,所以很难想象班恩能去什么样的音乐学校。这时我意识到,大人们都是梦想家,自己编造一些故事来打发时间。

我开始想着送布雷弗曼一些东西以弥补他所没有的一切。红色天鹅绒大枕头,厚地毯还是一块提花桌布。但我主要是想送给他蜜一样甜的菠萝、甜美多汁的橙子,还有樱桃巧克力。我用每年生日攒下来的钱,买了杏仁樱桃巧克力,还有我最爱的杏仁蛋白巧克力维夫饼干。我把它们放到布雷弗曼房门口的正中间,然后小心地溜回到自己的房间。虽然我看不到,但是我能听见他拿起袋子的声音。这些东西在门口悄悄地出现又悄悄地消失,在这个过程中让我感受到不少的愉悦和开心。

他依旧给我送花生。当我们再在走廊相遇时,他现在也会害羞地对我微笑。他的笑容先是试探性地出现在上嘴唇,然后扩大到整个嘴巴,最后连他的眼睛里都有了笑意。那已经是布雷弗曼所能做到的最好的状况了,我很喜欢他那个样子。

6月4日那一天,我看见布雷弗曼提着他的公文包还有另一个小包悄悄地走下楼去。然后,我听到他跟祖母在说话,我伏在栏杆上听着。

"我永远都不会忘记您的好心的，永远都不会。"我听到布雷弗曼用他那沙哑的嗓音说着意第绪语(Yiddish)①，中间还夹杂着几句俄语。

"会好起来的。"我听到祖母回答他说。但是我听不清楚她用的是怎样的语调，是疑问还是要求。

"是的，会好起来的。在犹太俱乐部(Club Kunst)衣帽间的工作很好。衣帽间后边还有间小房子可以让我住。"

"如果有什么需要帮忙的，你尽管可以来这儿。"

"谢谢您。"布雷弗曼一边回答说，一边摘下帽子，不知怎么地他朝着我的方向抬了抬头。接着，他露出了笑容，微微鞠了一个躬。我听到他走了出去，房门轻轻地关上了。

我飞快地跑回到储物间，也许他会给我留下些什么东西。储物间的门帘已经取下来了，是什么时候被取下来的呢？屋子里空空的，没有了行军床，没有了台灯，也没有了床头柜，甚至连墙上的钉子都被拔下去了，几个小钉子整齐地摆放在窗台上。我正要离开，忽然发现了一小袋花生，袋子上用红绳系成一个小蝴蝶结。我打开袋子，拿出花生吃了起来。

我坐在地板上，看着一束束的阳光，听着班恩的钢琴声，感到一种不可名状的喜悦。因为我认识了一个忧伤的人，我曾看见他微笑，我也曾被他注视。我未能解开整个谜团，一个陌生的闯入者变成了我心中永远无法磨灭的一块印记。我们成了亲密的同伴，这就是我和布雷弗曼。

7. 我和猪

我站在安娅(Anya)家门前的台阶上，准备参加她家的俄国东正教复活节庆典。我每年都去参加，因为我们是最好的朋友，她也坚持要我去。

在我们家里，大家不会谈论她信仰的东正教和我们信仰的犹太教如何如何。她非常地喜爱我，整天和我缠在一起。她蓝灰色的眼睛紧紧地镶嵌

---

① 犹太人使用的语言。

29

在前额下，眼中透出迷人的野性美也让我惊异不已。我们的友谊总是让人觉得有些过于亲密。由于不知道如何拒绝她温情的邀请，所以我每年都去她家。

我慢步走向餐厅，每年我都要在那里面对一头猪。这头猪摆在大祭品盘里，放在一张摆满了各种食物的餐桌的中间，成为节日庆典活动的主角。猪的全身赤裸闪亮，只是颈部围着折成百褶状的纸项圈，没有知觉的嘴里塞着发着亮光的红色海棠果。它那一对已经瞎了的眼窝一直盯着我，甚至当我背对着它的时候都能感觉到目眶深陷的双眼盯在我背上。

安娅满脸笑容，穿着一条热辣的黑色裙子。这条适合成年人穿的裙子对她很不合适，我知道那是她再三求她妈妈给她买的。她递给我一块帕斯卡（paskha），是用大量农夫奶酪压成金字塔状的甜品，上面嵌有葡萄干和白兰地酒酿制的水果。她又给我切了一片粗糙的复活节面包，面包外面裹着糖衣，她把面包放在盘子里，又在上面插上了一个很有些分量的十字架。安娅就像女王一样指使厨师们去拿干净的盘子。

她没有给我猪肉，她知道我不会吃猪肉，也知道我家从来也不会有猪肉。可是，她会当着我的面把猪切成片，在这一过程中她蓝灰色的眼睛显得非常专注。我看着猪皮被剥下时，汁液如串串水珠喷了出来，它那肥硕的躯体被切成一片片的，前胛插着一把尖尖的叉子。安娅又起一小片放进嘴里尝尝它是否鲜美多汁，乌黑睫毛下的那双大眼睛朝我眨了眨。

那头猪温顺地躺在那儿，毫无反抗，深陷的眼眶里含着泪水。安娅把它嘴里的海棠果取了出来，它的嘴就一直张着，咧着嘴露着牙一动不动令人可怕，永远地默不作声。我颤抖的双手紧抓着自己的肩头，心里默默念叨着，但表面又装得若无其事。我跟那头猪一样被束缚在那儿，沉默不语。我想逃离，躲到走廊去，逃到另一个世界。但是我一动也没动，因为安娅炽烈的目光正盯着我。我一直站在那里。

显然安娅过得很愉快，她的两眼水汪汪的，淡黄色的刘海贴在她那过热的额头上。而我则要准备应对接下来发生的事情。他们狂饮一通伏特加，又把各种吃的塞进大张四开的嘴巴里，然后就会开始讲笑话。开始还讲些普通的笑话,过了一会儿就讲起了种族的笑话,最后,大人们都喝醉了,关于犹太人的笑话就一个接一个地冒了出来。通常这些笑话开始大都是讲"从前有一个天主教徒,还有一个犹太教徒……"。去年和前年都是这样,今年也依然会如此。今天也不可能例外。我会做个深呼吸,吃我的食物,努力熬过这个晚上。我和猪,患难与共的伙伴,接下来的一年还要面对这一切。

8. 隔离

我最初是在天津平安电影院(Empire Theater)①看下午场的《小鹿斑比》(*Bambi*)时开始感到不舒服的。当时,我正看着斑比在一片发出诡异亮光的森林里左奔右逃,我的鼻孔微微地抖动,突然感到喉咙深处发痒,左太阳穴直跳。当我趔趔趄趄地走进黑暗的电影院时,惊奇地发现身旁坐的是希玛·奥尔特曼(Sima Altman),我五年级的同班同学。"我想我病了,"我轻声对她说。"等会儿再说,我要看电影。"她从紧咬的牙缝中发出嘘声,眼睛一直朝前盯着闪动的银幕。我把身体陷进粗糙得有些扎人的山羊毛座椅里,紧闭双眼想让自己舒服些。但是,银幕上发出的强烈光线穿透我的眼睑,不断地撞击着我的眼球。我睁开一只眼睛,看到斑比正奔跑在一片长满了棕榈树的丛林里,那些棕榈树叶看上去就像巨手,似乎就要把她抓住了。"怎么回事儿?"我声音嘶哑地悄声问希玛。她用胳膊肘碰了我一下,示意我安静。我把身子更深地埋进座椅里,感觉我的脑袋里好像有大块的大理石在相互挤压着。

坐在一片黑暗的影院里,我感到非常伤心,因为我等《斑比》来天津上映已经等了三个月了。斑比的面孔吸引着我久久地站在城里四处张贴的海报和广告前流连忘返。海报和广告上写着"让你的孩子来体验这头害羞的小鹿冒险吧""一部不容错过的影片"。我玩"跳房子"还赢到了好多斑比游戏卡,让我所有的朋友都羡慕不已。现在倒好,电影终于上映了,而我竟然连

---

① 其原址上现建有天津音乐厅。

平安电影院

睁开眼睛的力气都没有了。我看了一眼希玛,她坐在那儿一动不动,眼睛好像粘在了银幕上一样。只有她的手不断地伸到一个纸袋里去拿盐味葵花籽。她熟练地将葵花籽一个个放进嘴里。她的牙齿在黑暗中闪着光,她那编得紧紧的发辫在胸前来回摆动着。

整场电影我几乎都是在打瞌睡。当影院的灯光亮起来的时候,我觉得全身的骨头都异常沉重,双腿就像被灌了铅一样。"你怎么这样慢。"希玛说着跨过我的身体走到过道上。"电影结束了。"我跌跌撞撞地从座位上爬起来,感觉昏沉沉的,浑身发冷。

站在平安电影院门外的马路上,夏日午后炽烈的空气几乎让我昏了过去。"你看起来好像真的是生病了。可能是霍乱。你要知道,现在正是霍乱流行季节。"

"我无法吞咽,也说不出话。"我对着那个见不到身形而却欢快的声音嘟囔着,忽然感觉那是斑比的声音,它说:"你最好回家去。"

我把手搭在眼睛上挡住耀眼的阳光,叫住了一辆经过的黄包车。车夫停了下来，等着我和他讲价钱，但是我已经没有力气跟他多说了。我坐进车里，瘫倒在座位上，庆幸的是遮阳的车篷形成了一片长方形的阴凉。"达文波道11号，厨子会把钱付给你的。"我轻声跟车夫说道。车夫抓起车把开始拉车跑了起来，他的双脚踏在炙热的碎石子路面上发出咚咚的声音。

只有厨子一个人在家。我几步跑进我的房间，一下子扑倒在床上。印花棉布床单使我灼热的身体感受到了些许清凉。午后的阳光照在蓝色的梳妆台上，散射出簇簇光点，在飘着灰尘的空气中颤动，仿佛在摇曳在起舞。整个房间就像一个巨大的万花筒围着我旋转。我飘向天花板，试图捕捉那五颜六色的碎块。一群蚊虫在攻击着我，那可怕的嗡嗡声连同疼痛让我发狂。我竭力想逃开，但是它们一直包围着我。一只蚊子戴着一顶大礼帽，细长的胳膊上挎着一根黑白相间的手杖。他正用那手杖戳我，我一直企图推开他。"走开！"我想大声喊叫，但是一个字也说不出来。

"是丁彻斯（Dinchess）医生，"我听到了妈妈的声音，那声音仿佛是从遥远的地方传来的，"让医生给你量个体温，你病了。"我努力想睁开眼睛，但是我的眼皮好像被粘的东西给粘住了，只能睁开小小的一条缝。透过这条小缝，我认出来是爸爸妈妈靠在我的床头，俩人都皱着眉头。他们旁边还站着一个像只巨型蚊子一样的人，他走到近前我才认出是我们的老朋友，我们的家庭医生。他正拿着一支体温表，试图插入我已经肿胀起来的嘴唇。我努力地想张开嘴，但是怎么也张不开。沮丧的眼泪流到我的脸颊上。"我不行。"我悄声说。

"丁彻斯医生是从一个聚会上赶过来的，所以他穿着黑色正式礼服。"妈妈跟我解释说。妈妈柔和的声音和丁彻斯医生放在我额头上的冰凉的手让我感觉很舒服。我开始微笑，但是依旧张不开嘴。一切似乎都变得那么遥远，那么缓慢。我听到有一个声音在说："她得了猩红热。"然后是另一个声音："我们必须把她送到医院隔离。"我好像飘浮在一个充满了暖暖的棉花的大贝壳里，感到被这些声音很好地保护着，他们似乎非常清楚该对我做些什么。

我醒来的时候，发现自己躺在一张陌生的床上，穿着一件让我浑身发痒的睡衣,它散发出一股消毒氯气味儿。我的上颚好像沾满了一层沙。鼻子有些痒,可是当我想用手去挠的时候,却发现我的手好像离得很远,一点也不听我的使唤。一名护士走到我的床边,明显是在说话。我看到她的嘴唇在动,但是听不到她在说什么。终于,我听到了"猩红热""不用着急",还有"你到这儿已经两天了。我是童(Tong)护士"。她轻轻摸了摸我的头就走了,我都还没来得及问她些什么。

我有些害怕。在我最喜欢的《韦伯一家的最后一人》(*The Last of the Webers*)一书中,梅·韦伯(May Weber)就死于猩红热。我读过韦伯一家整套丛书,从梅的历险记,一直到她逝去。在最后一本书里,有好多页描述梅"发着高烧","四肢因疼痛而扭曲"。梅"被疾病压垮",她把她粉色的薄绸围巾围在她发热的额头上,留下的最后一句话是:"再见了,美妙的世界。"那时她15岁,看到她死去的时候,我哭了。从此以后粉色的薄绸总会让我想到死亡。而此时,我不知道怎么会穿着这消过毒的白色病服死去。

那天我一直迷迷糊糊的,不断地睡去又醒来。当我终于清醒了过来,我发现这间病房很小,四周的墙上没有任何装饰,都涂成一片纯白色,床头柜上放着一个有点缺口的蓝色杯子,里边装着满满一杯水。但是这一切很快又变得模糊起来,墙面看上去呈绿色,上边还有好多的波形线。地板好像被分割成无数小圆点与破折号,像一群苍蝇旋风般飘向天花板。我极力想弄明白这些奇怪的景象,我想这可能取决于我先睁开哪只眼。但是还没等我真的弄清楚,我就又精疲力竭地睡了过去。

太阳落山的时候,我开始察觉到整个医院处在深深的、异乎寻常的寂静之中。我习惯于在有许多人的房子里入睡,可是这儿什么动静都没有。八月的天很热,但是我却开始发抖。我感觉汗水把我的头发纠缠成一团,我的手指变得冰凉。阴影中蜷伏着一个呼吸沉重的怪物,它咔咔地来回动着,呼哧呼哧地喘着气。它好像离我越来越近,我悄悄地在被子下挪动着,身体蜷缩成一小团。忽然,我的腿触到了一个滑溜溜的东西,我想那肯定是一条蛇,于是我的双腿蜷缩得更紧了,甚至挨到了下巴。我就那样僵硬地躺在那儿,一动也不敢动。过了一会儿,我的腿开始抽筋,但是我不敢把腿伸展开。

就在这时，我听到了一声咳嗽，是人的咳嗽声。那个人一连咳了三声，还打了个喷嚏。我意识到，我不是独自一个人待在医院里。于是我小心翼翼地把抽筋的腿慢慢伸开，左脚趾碰到那个滑溜溜的东西，一根体温表。我的整个身体都感觉到一阵释然，然后我睡着了。

爸爸妈妈来看我。他们看上去急切又不安。他们站在落地窗前，身体向前倾，脸贴在窗玻璃上。我示意他们进来，但是他们依然站在玻璃窗外。他们冲我挥手，张着嘴跟我说话，但是我什么都听不到。我真怀疑我是不是耳聋了。

"为什么我爸爸妈妈只能站在窗外？"我惊恐地尖叫起来。

童护士很快走了进来。"你现在被隔离了。因为你得了传染病，所有人都不能进来。"

"那他们在说什么啊？我都听不见。"

"我告诉他们说你不乖，不吃东西。你看，他们叫你一定要吃饭。"

我模糊地想起有人试图给我喂过些饮料，但我当时只想要她把那冰凉的勺子放在我嘴里。爸爸妈妈把额头贴在落地窗上，一直在用口型对着我说"要吃饭"，他们呼出的气让玻璃窗蒙上了一层水雾。我也用口型回答他们："我会吃饭的。"他们笑了，冲我挥了挥手，然后找了两把椅子坐在那儿，我们就这样一言不发地隔着窗户相互注视着，一直过了一个小时。我挽起袖子给他们看我胳膊上因为猩红热而长出的小红斑，爸爸说了句什么，但是我听不明白。

第二天，童护士告诉我她的名字叫玛琳娜（Marlena）。她的母亲是俄国人，这个名字是她母亲根据玛琳·黛德丽（Marlene Dietrich）①的名字给她取的。她的父亲是中国人，在海关工作。她还说，她的父母都为她感到骄傲，因为她是个"专业人士"。童护士的手很凉，声音很柔和。我喜欢她把我纠缠在一起的头发梳成两条光滑的辫子，然后在头上盘成皇冠状。我以前只认识一个欧亚混血儿，一个比我大两岁的女孩，她长得特别漂亮，乃至很少

---

① 玛琳·黛德丽（Marlene Dietrich，1901—1992），著名德裔美国电影演员兼歌手。

有女生跟她讲话，她的身边总是有成堆的男生围着。童护士也很漂亮，而且她还是医院护士的负责人。然后，我开始做起白日梦来，想象着自己有一天也成为一名护士，很神气干练地在医院的长廊里穿行。

一天早晨我醒来时，感觉自己好了很多，全身的皮肤清新而干爽，头皮有些刺痛，就像里面有一只即将破茧而出的蝴蝶。透过落地窗我看到一个长满了向日葵的花园。向日葵顶端花盘中间黑油油的，周围围着黄色的花瓣。一只蓝色的松鸦在阳台窗台上跳来跳去，粉红色的合欢花在微风中摇曳。我觉得自己好像是重生了，一切都那么新鲜，我渴望着走出去。但是，童护士说我还必须在室内多待一段时间，因为我还处于隔离状态。

随着体力的恢复，我感到越来越无聊。我急切地盼望着童护士出现，然后向她提出一连串的问题：医院里还有什么人？这儿还有别的小孩子吗？我能不能穿上我自己的衣服？还有她晚上是不是也住在医院？

童护士告诉我她大多是白天上班，有时也会上夜班。医院里一共有十张病床，都是为传染病患者准备的。现在，医院除了我之外还有另一位病人，英国人塞缪尔·韦伯斯特(Samuel Webster)先生，他得了霍乱。"他太不小心了，吃了一些没洗的水果。这些第一次来中国的英国人啊，他们总认为他们在这儿出不了什么事，因为他们是英国人。他们以为他们都是神。"显然，童护士对英国人的印象很不好。不过，我也不明白怎么还会有这么蠢的大人呢，我在家吃蔬菜或水果一定会用高锰酸钾液浸泡或者把皮削掉。

尽管我见不着那位韦伯斯特先生（童护士说不同的传染病人不能在一起），但我确实能感觉到他的存在。他总是咳嗽，经常会叫童护士，有时候还会大声诅咒。

"他长什么样啊？"我问童护士。

"又瘦又好指使人，觉得全世界都应该围着他转。"她回答说。

"有人看望他吗？"

"几乎没有。他病得很厉害，而且他的家人都不在这儿。"

"我能去看他吗？"

"当然不可以，因为你们俩都是传染病患者。"

"我晚上能听到他的咳嗽声,好像很严重。"

"确实很严重,他需要很多护理。这个家伙。"

我没有告诉童护士我就是靠韦伯斯特先生来驱赶我对黑夜的恐惧的。每天夜里,当医院在夜色中沉寂下来时,我还是会被各种幻觉所困扰,黏糊糊的蛇和鼻涕虫、戴风帽的僧侣,还有慢慢爬行、缓缓移动或悬吊在我上面的大蜘蛛。我闭上眼睛,这无济于事,想些开心的事情也没什么效果。我只能等到韦伯斯特先生的咳嗽声或呻吟声,这样我就可以唱着歌儿告诉自己,我并不是独自一人待在天津传染病医院里。没有什么可以伤害我。喘着粗气的怪物只是随意扔在椅子上的外衣,而戴风帽的僧侣是在夜风中起伏飘动的白色窗帘。

我总是在想着关于韦伯斯特先生的事情。我们是整座医院里仅有的两个病人,我想我们之间一定有些什么特别的联系。

"他有妻子吗?"我问童护士。

"没有,我跟你说过,他独身一人。"

"他一个亲人也没有吗? 也许我可以写封短信给他,让他振作一些。"我恳求童护士。

"小傻瓜,"童护士挠了一下我的下巴说,"你恋爱了。病人之间常常会这样,因为你有太多的空闲时间。还有你发烧的时候,发烧总会让人陷入恋爱之中。"

"我没有恋爱。我只是想写张条子给他。因为每天都有人来看我,可是没有人来看他。"

童护士终于同意让我给韦伯斯特先生写一封短信。"但是不许签你的名字,只能写'儿童区 11 病房'。我可不想因为我的传信而导致一个 11 岁的小女孩和一个成年男人的恋情。"

她给我拿来了笔和一些笺纸,笺纸的上端用粗黑体印着天津传染病医院几个字。我写了这样一封短信:"亲爱的 22 号病房病友,你和我是这家医院仅有的两个病人。虽然我从没见过你,但我经常能听到你的声音。童护士告诉我说你在这里没有亲人,这让我很难过,因为我的爸爸妈妈天天都来看我。也许他们也能去看看你。11 号病房病友"

他给我回了信："亲爱的 11 号病房，谢谢你贴心的短信。我的家人都在英国巴斯(Bath)。不要为我担心。也许等我们俩的隔离结束后，我们可以见上一面。塞缪尔·韦伯斯特"

第四天早上，我醒来时听见韦伯斯特先生在吹口哨，他吹的是英国皇家海军军歌《统治吧，不列颠尼亚》(Rule Britannia)。他一遍又一遍地吹着这支曲子，只有在咳嗽的时候才会停一会儿。

"韦伯斯特先生感觉好些了吗？"我问童护士。

"他的病情还是很严重，实际上是更严重了。但是他确实比之前要开朗了许多。有些病人病情严重时就会这样子。"

"我能再给他写信吗？"

"当然可以。"

于是我又写了一封："亲爱的 22 号病房，我很高兴你能和我一起待在医院。当我夜里感到害怕的时候，知道你也在这儿真的是件很棒的事。但愿你不会像我这样恐惧。我今天早上听到你吹口哨《统治吧，不列颠尼亚》了，希望你能感觉好些。我现在上五年级，我最喜欢的故事是《小海蒂》(Heidi)。您真挚的，11 号病房。"

下午的时候，童护士带来了韦伯斯特先生的回信。她说："你们俩有点通常恋爱的苗头了。不过如果只是保持通信的话，我想还是没问题的。"

我等到她离开房间才打开那张便信，我想要自己一个人品味。"亲爱的 11 号病房，谢谢你的短信。虽然我是个大人，但是我有时也还是会感到恐惧。在医院里大家都会做噩梦，这不是个好地方。我在英国有一个六岁的女儿，她叫佩妮洛普(Penelope)，和她妈妈住在一起。我喜欢打网球，喜欢读推理小说。我很高兴你喜欢我吹的口哨。如果我还能想起别的曲子来的话，我会再试试看。"

接下来的几天里，我跟韦伯斯特先生又传递了三次短信。

"我快要变成一个专职邮差了。"童护士发牢骚说。但是我能看得出来，她并没有真的生气，反而好像很享受她扮演的角色。

"你能用轮椅推我到他的房间门口去吗?"我恳求她。

"现在还不行,也许下个星期吧。"

又过了五天,上午丁彻斯医生来看我,他走了之后童护士好像显得特别高兴,还在我的头上扎了根红丝带。

"这是我从家里给你带来的,"她边给我梳着头发边柔声地哼着歌,"你让我想起了我的侄女。"

"她跟我长得像吗?"

"不像,但是你们俩都是好奇的小孩,总是不停地问问题。"

"她在哪儿上学啊?"

童护士没有答话,她好像忽然就对我没兴趣了。"我得赶紧走了。我还要提醒厨师一些事情。"

我夜晚的恐惧消退了,取而代之的是许多关于韦伯斯特先生的梦。不过这些梦也很烦人,因为在梦里我不是被强盗追赶,就是被巨型动物追着跑。而每次韦伯斯特先生都会在最后一刻冲过来救我。但他总是戴着面具,我看不到他的脸。

"我打赌他一定长得很帅。"一天早上童护士给我梳头的时候我跟她这样说。她在我的辫子上系了一对红缎带。

"如果你觉得瘦骨嶙峋,浅黄色头发是帅的话,那他确实很帅。"

"那我打赌他一定是卷发。"

"也许吧。但是因为他发高烧,现在他的头发已经都剪短了。"

"他有没有问过我长什么样子?"

"当然没有,你只是一个小孩子而已。我告诉过他你多大了。"

"你大可不必说的。"

我瞪着童护士,忽然觉得我很讨厌她苗条的身材和美丽的面容。当她离开房间的时候,她扭动的屁股让我很恼火。我讨厌童护士,我讨厌她。我是压着嗓子说的,她没有听到。房间里只有我一个人。

"亲爱的 22 号病房,我今年 13 岁,我很喜欢看电影。我正计划去看《乱世佳人》。我听说那是一个伟大的爱情故事。我还喜欢儒勒·凡尔纳的书。

如果你没有书可以看的话，我可以把我的书借给你，当然这要童护士允许我给你送去。她是个很专制的人，什么都不准我做。"

我决定自己把这封短信送给韦伯斯特先生。当我穿上新的粉红色家居服和绣花缎面拖鞋时，有一种勇敢无畏和冒险的感觉。我第一次走出房门来到过道上，不知道 22 号病房离我的病房究竟有多远。走廊里空无一人，我惊奇地发现 22 病房和我的病房之间仅隔着三间病房。然后我才意识到这些房间号是随机排的。22 号病房的门是关着的，正当我想去推开房门的时候，童护士忽然出现在了我的身后。

"你这个调皮的小孩。你不应该到走廊里来，赶紧回到你的病床上去。"

在她把我带回房间之前，我将纸条塞进了韦伯斯特先生的门缝下。

那天晚上，童护士给我又带来了一张便笺。

"现在他开始先写给你了。他可能觉得太无聊了。"

我瞪了她一眼，把便笺放到枕头下，"我一会儿再看。"

"亲爱的 11 号病房，看到了你塞在门缝下的短信。难道她们不让你写短信吗？继续写吧，我很期待你的短信。我今晚感觉很不好，先写到这吧。我太累了。"

从那以后，韦伯斯特先生再也没有回复过我的短信。童护士对他的健康状况也只是含糊其辞，"各种药物治疗让他觉得很厌倦了。"

在我住院的第七天，童护士来告诉我说，韦伯斯特先生在前一天夜里去世了。她告诉我这个消息的时候眼睛没有看着我，只是忙着将床单折到床垫四个角的下面。"该死的，"她小声抱怨着，"这些布太旧了，怎么也折不好。"

我一时惊呆了。童护士似乎离我很远，她的声音就像我家那台坏了的留声机发出来的声音一样，既低沉沙哑又含糊不清。我的喉咙里好像打了个结，我听到奇怪的汩汩的声音。那个结好像越来越大，大到充满了我的整个身体。我这才意识到自己在抽泣。

"他是凌晨 3 点 50 分死的。他没有家人，所以我们通知了使馆。"

我无法想象使馆会怎样处理韦伯斯特先生的丧事。我见过的唯·次死亡是我的小猫阿奇(Archie)的死。我们把它埋在后院里。

"他也是有家人的。他有一个女儿叫佩妮洛普。你得给她写封信,或者让我来写。"眼泪从我的眼眶里涌了出来,鼻子也塞住了。

"别哭了,要不你又该发烧了。记住你明天就可以出院了。使馆会处理好一切的。"

韦伯斯特先生去世后的那天晚上,我恐慌地看着太阳落山。当医院里上白班的人们离开时,我听到花园大门发出嘎吱嘎吱的响声。我听见守夜人在街角向巡捕说了一声晚安。童护士进来替我拉上窗帘。我求她别把门全关上,微微打开一点儿,好让我能看到外边过道的灯光。

"这是违反医院规定的,风吹进来会让你感冒的。"她说。看到我哀求的眼神,她又说:"好吧,不过就今晚啊。韦伯斯特先生走了,这毕竟是你第一次独自一人待在医院。不过你会发现噩梦很快就会消失的。"我不知道她是否了解我的恐惧,也很感激她没有再多问下去。

她把门半开着,然后走了出去。我把头埋进柔软的枕头里,希望可以马上睡着。结果我不仅没睡着,还喘不过气来。我侧过身,希望从过道里照进来的友善的灯光能带我进入梦乡。但是那灯光却在屋里投下了奇怪的影子,我看到落地窗前站着一个穿白衣服的高高的身影,直吓得我心里怦怦乱跳。那个影子的脸上蒙着头巾,它不停地摇摆着。我强迫自己闭上眼睛,但是我的两眼像是被吸在那个奇怪的影子上了。我的心脏在激烈地跳动,扑通扑通地,紧一阵慢一阵地。我额头上不停地冒汗,汗水流进我的眼里和嘴里,我甚至可以尝到汗水的咸味。那个白衣影子一直在摇摆着,而且好像是往我这边移动着。

忽然我听到一声呻吟,然后是一声咳嗽,紧接着是一阵笑声。我想是韦伯斯特先生。韦伯斯特先生还在这儿,他会把我的恐惧驱散。这时,我又想到韦伯斯特先生已经死了,另一种恐惧又将我包围。这些声音是哪儿来的呢?是韦伯斯特先生的鬼魂吗?是不是因为我没有去看他,所以他生气了?到底是谁发出这些声响的呢?也许是避开守夜人溜进医院的杀手。那声音越来越大,好像离我很近。我又听到了呻吟声,还有笑声,咯咯的笑声。接着是"啊……哦……"的叫声。我听到了童护士的声音，"嘘……小点声，那个小孩子还在这儿呢。"然后是一个男人的声音，"啊，玛琳娜……"接着又是阵阵低沉的呻吟和尖叫声，再后来就静了下来。周围彻底地安静了下来，我就这样睡着了。

"还做噩梦吗？"第二天早晨，童护士一边拉开窗帘一边问我。我看到窗外又是阳光灿烂新的一天。"你今天就要回家了。"她说。

"我昨天晚上听到好些声音，有呻吟声……还有笑声。"

童护士正手脚利落地叠着毯子，她说："你又在胡思乱想。韦伯斯特先生已经去世了，你是这里唯一的病人，哪会有什么声音。"

"但是……"

"好了，我向你保证，等你回家之后就会忘了这些噩梦，还有那些声音。你会忘了所有这一切的。作为你的上司，我命令你……"她嘲弄似的向我行了个礼，然后飘然走出了房间。

上午，爸爸妈妈来接我。我们最后一次坐在医院的花园里，坐在合欢树下的那张长椅上。要离开这儿了，我竟然有些伤感，这让我自己都很讶异。我的病房看上去特别的安静和舒适。爸爸递给我几张我的同学们祝我康复的问候卡。他很高兴地对我说："读读这些吧，他们都期盼着你回去呢。"

我看了一下第一张，是布兰达(Brenda)写的："玫瑰是红色的，紫罗兰是蓝色的，快点好起来，我要见到你了。"然后是汤姆(Tom)的卡片，写的是："紫罗兰是蓝色的，玫瑰是红色的，快点回来吧，要不我会悲伤的。哈哈！"而希玛则潦草地写了句"希望能在电影院再见到你"。我发现自己觉得这些卡片都很傻很幼稚，而我还得要硬着头皮去感谢她们。我甚至都想不起他们的模样了。我试图想象他们长得什么样子，但还是无济于事，我的脑子里一片空白。

"难道你不喜欢他们？"妈妈的声音打断了我的遐想。

"我想是的。"

爸爸妈妈似乎没听到我说什么。他们正忙着将我的衣服塞进那个在旅行时总是陪伴在我们身边的黑色旅行包里，然后就去跟童护士告别。她们感谢童护士对我悉心的照料,并给了她一个信封,她接过去塞进口袋里。当我们走出花园,走上大街时,童护士还在跟我们挥手道别。而我则在想她现在还能做什么,天津传染病医院里一个病人都没有了。

出院的第二周,我回到了学校。我受到同学和老师的欢迎,他们送给我一束雏菊,还有一张很大的心形卡片,卡片上签有班里所有同学的名字,我的老师马森(Matson)夫人也签了名。她让我到教室前面跟大家分享一下我在医院的经历。

"嗯,那儿确实很有意思。我是医院唯一的病人。他们给我吃许多的冰淇淋润嗓子,护士还给我带来各种各样的读物。"

我越说越胆大,看着面前一张张全神贯注的脸,我感觉自己有一种让人兴奋的新的力量。我告诉他们我可以在医院里四处转悠,甚至还参观过一次手术。

"好家伙,这真是一次很棒的历险啊!"汤姆羡慕地说。然后,他问我想不想借他的儒勒·凡尔纳的书看。

我没有跟他们讲我的那些恐惧,也没有告诉他们我自从出院之后,在家里还会做噩梦,每天在我的房间里都要开着灯睡觉。当然,我也没有跟他们说我在医院最后一晚上听到的那些奇怪的声音以及关于韦伯斯特先生的事情。

我看着他们的面庞,感觉既熟悉又陌生。顶着一头乱蓬蓬红头发的汤姆,穿着齐膝短裤,看上去很蠢的样子,我都能看到他那被挠得满是疙瘩的膝盖。布兰达编得紧紧的辫子看上去很幼稚。我觉得我跟他们都不一样,我们之间好像忽然出现了一堵影像模糊的玻璃墙。我感觉我的身体里有一股很大的冲力,我的骨头仿佛正在伸展拉长,都快把我的皮肤撑开了。当我跟妈妈描述这种感觉的时候,她告诉我说这是"生长痛"。这种疼痛很可怕但同时又很美妙。"你是不是有些头晕?"马森夫人问我,"这是你第一天回来上课。也许你应该躺一会儿,你看上去有些站不稳。"

下课铃声响了,所有人都跳起来向门外跑。我看着他们疯狂地相互推搡着,都想要第一个冲出去。

"你不来吗?"

"马上,我就去。"

等到他们都出去了,我才慢慢地向外走去。

9. 不透光的窗户

我12岁的时候,终于获许可以独自去天津维多利亚花园玩了。在此之前,我每次去那儿都要有阿妈或女家庭教师陪伴,严格看管。这是我第一次独自外出,我一路上小心翼翼地向花园走去,小心地走在用讨厌的鹅卵石铺成的路上,避开所有让我害怕的东西。走进花园,我直接奔向我最喜欢的那架罩在一棵低垂的柳树树荫下的秋千。当我正在狂喜地将秋千荡向高空的时候,我的一只鞋子掉了下去。一个女人替我捡起了鞋子。她有一头亮丽的橙黄色卷发,戴着一顶黑色的小草帽。最令我吃惊的是,她的一条腿短了一截,套在一只有大木跟的鞋子里。当我正盯着她那有些可怕的短腿的时候,她把我那只掉下去的灌满沙子的鞋子递给了我,那一瞬间我们的眼光对视了一下。当她一瘸一拐地走开时,我赶忙移开了目光。她吃力地摇晃着慢慢走回到红色凉亭前的长椅那,坐了下来。我穿鞋时尽量不去看她,不过还是透过眼角的余光,瞥见她沉默地坐在一堆闲聊的中国阿妈中间。这时,我在鞋子里发现了一张破旧的名片,上面写着"杜波依丝(Dubois)夫人,法语家教,经验丰富,杭州巷(Hang-chu Lane)12号"。我把名片塞进了毛衣口袋里。

回家后,妈妈发现了这张名片,她说这一定是天意,因为她正想送我去学法语,而杜波依丝夫人正好就把她的名片塞进了我的鞋子里。难道这不是件很棒也很奇妙的事吗?"金茨(Gintz)家的孩子正在跟她学法语。金茨太太说她的孩子们已经能用法语跟人交流了。"妈妈说。爸爸则在一旁感叹:"多么高明的广告手段啊。这个女人真是个天生的商人。"

"但是,她是个……瘸子。"我磕磕巴巴地说出了这个词。作为一个生下来就有先天性髋关节问题的孩子,我很清楚"瘸子"这个词在我家是从不会

维多利亚花园

被提起的。我很惊讶我竟然说出了"瘸子"这个词。

爸爸和妈妈交换了一下眼神，"她只是走路有些困难而已"，妈妈柔声说，"她是个很有声望的好老师。"

"也许你看见她的那天她正好很累呢。"爸爸加了一句。

"还有她的头发，那是多么漂亮的颜色啊。"妈妈的声音亲切又悦耳。

"对啊，提香红（橙红色），提香（Titian）①可是个大画家。我会从图书馆给你找点他的作品来。"当我们想巧妙地避开这个话题时，爸爸忽然这样说道。

我对杜波依丝夫人总是有一种深深的恐惧，即够不到也摸不着，却如毒气一般围绕着我。我会像一头温顺的小牛去上第一节课。因为我的身体里有一种本能告诉我，我必须克服恐惧，只有克服恐惧才是最棒的。爸爸妈妈

---

① 提香·韦切利奥，又译提齐安诺·维伽略（Tiziano Vecelli 或 Tiziano Vecellio，1488/1490—1576），英语系国家常称呼为提香（Titian），意大利文艺复兴后期威尼斯画派的代表画家。他对色彩的运用不仅影响了文艺复兴时代的意大利画家，更对西方艺术产生了深远的影响。

不是告诉我,没有什么是我做不到的吗?我要去上课,因为他们想让我去。即使他们不再回答我的疑问,我也还是非常地爱他们。不过,我开始认为他们是可爱的老小孩,我被任意地置于他们的关爱之中。

8月初的一天下午,伏天的炎热像一层厚厚的羊毛被覆盖着整个城市,让人几乎喘不过气来,甚至连鸟儿都被这无情的酷热灼烤得失了声。我和妈妈来到了杭州巷12号。我浑身汗淋淋的,脑子有些混乱。我渴望着凉爽大理石、游泳池、阿尔卑斯山,还有北冰洋上漂浮的冰山。可是,出现在我们面前的那幢破旧的砖房看上去却像是一家工厂。

"你确定是这个地方吗?"我问妈妈。不知怎么的,她总是能显得冷静而又平和。

"当然。"

"你怎么知道的?"

"我打过电话了……在你爸爸的办公室打的。"她解释说。我们家里没有电话。

"但这个地方看上去不像是上课的地方啊。"

"可有的时候事情看上去并不像它应当的那样啊。又有谁会想到一个法语老师会在花园里四处寻找学生呢?我们运气很好是吧?"妈妈轻快地说道,"我一会儿会来接你的。去吧,你能做到的,你已经长大了。"

可我还是不相信,我确信不是妈妈读错了那张破名片,就是那个老师给错了地址。那幢房子看上去让人很不舒服,令人生畏。妈妈轻轻地将我推向房子的大门,笑着向我挥了挥手,留下我一个人盯着那长长的、摇摇晃晃且没人打扫过的楼梯。妈妈站在街的拐角处,还在冲我挥手。

我沿着楼梯往上走,每走一步,楼梯都会发出嘎吱嘎吱的响声。我希望这些响声会引来人在楼上迎接我,但是什么人都没有出现。相反地,当我小心翼翼地往上走时,一阵阵嗡嗡声传到我的耳朵里,越往上走声音越大,我确信我正在走近一个巨大而又发疯的蜂群,但是我却无路可退。

我跨过门槛,走进一间灯火通明的房子里。房间里有许多台缝纫机,周围堆满了一卷卷不同颜色的棉纱和布料,还有成箱的线、纽扣和花边,地板上扔满了薄薄的五颜六色的碎布头。每台缝纫机上都趴着一个中国女孩。一个表情严厉的中国男人在房间里来回走动着,嘴里叼着烟嘴,吐着烟圈。他突然揪一下女工的辫子,提醒她们注意,用他那细细的手指戳着衣服上的种种毛病。当其中一个女工回过头看我的时候,我惊奇地发现她们其实比我大不了多少。长久以来被灌输对人要有戒心和警觉,使得我们彼此都不敢看对方的眼睛。除了机器的嗡嗡声,整个房子里没有别的声音,剩下的只是冷酷的沉寂,单调的劳作,还有无声的绝望。

杜波依丝夫人在她的房间门口示意我过去。她披着一条深黑色披肩,我光看着那披肩就觉得身上冒汗。她的房间又小又暗,墙皮剥落,窗户上布满了灰尘,到处结着蜘蛛网,乃至透过窗户看外面是一片混沌,模糊不清。我完全认不出来这就是我所生活的城市了。我开始惊慌不安起来,我这是在哪儿啊?

她掸了一下一张满是灰尘的椅子,扬起一团灰色的粉尘,就像一阵黑雨一般落在我汗湿的身上。我感到一阵不适、慌乱和不安。然后我就想:为什么杜波依丝夫人不改善一下她周围的环境呢?难道她是故意搞得到处是灰尘,衣衫邋遢,污垢处处,好让人们注意到她的悲惨境遇,以提高她的学费吗?还是她和我的父母一样,已经磨炼得对一切不如意都不在乎了?或者只是从模糊的幻觉中寻求保护,得到慰藉呢?又或者她是完全疯了?还是这片陌生而又残酷无情的异国土地将所有的大人们都折磨得麻木不仁了呢?

我们的第一堂课平淡无奇。我练习了动词变位,读了一篇故事,她则纠正了我的发音。她间或会站起身来,拖着她那双巨大的鞋叮叮当当地在房间里走来走去。她就像一头被关在笼子里受伤的狮子一样走动着,呼哧呼哧地吸着灰尘,拖着她那奇形怪状的长靴,似乎显得很痛苦。她厚厚的披肩随着她的身体摆动,像是有风吹过一样。其实,房间里仍然闷得令人窒息。我浑身是汗,而她却干得只剩下一身白骨头。

"哈,我说这个地方对吧,"妈妈接我的时候高兴地说到,"你喜欢上这个课吗?我听说她是个好老师。"

"嗯，我还不知道。但是，她的房间……实在是……太糟糕了。到处都是灰尘。"我小心翼翼地说。

"你知道，她是个寡妇，靠教课来维持生计。但是我敢肯定你会学得很好的。"妈妈的声音像鸟鸣般欢快。她温柔地抓住我的手，带我穿过马路。这个时候我已经顾不上害怕了。

我每周去上一次课。每次都要爬上那嘎吱作响的楼梯，去到杜波依丝夫人简陋的房间，要走过那些埋头干活的女孩子们，还要穿过地上那一大片五颜六色的绒毛，那些绒毛就像带刺的蒲公英粘到我的鞋子和袜子上。通常我到的时候，杜波依丝夫人都是弓着身子在炉子上做饭，每回我都能闻到让我作呕的烧煳了的洋葱炒肝的味道。

我问夫人认不认识大房间里的那些女孩儿。她说："什么女孩儿，她们都是年轻的女子。"

"那您认识她们吗？"

"当然不认识。她们都在工作。正在工作的人是不能被打扰的。现在是该你学习的时候了。"

伴随着寒风阵阵，时光进入了11月。我已经穿了好几件衣服，但是杜波依丝夫人却一直都是那身装扮，天气的变化似乎已经完全影响不到她了。她开始养各种植物，几个星期以来，她的房间里开满了各色各样奇怪的花。她说那些花是她的一个朋友送给她的礼物。她的朋友在殡仪馆工作，可以从葬礼和婚礼上把剩下的花带回家。"哦，我又忘了给我的宝贝儿们浇水了。我应该去买一个喷壶。"杜波依丝夫人嘟囔着。可是，那些花一直缺水而枯萎，喷壶也从来没出现过。

有一天我到那儿时，看到夫人背对着门坐在火炉旁。所有的花都不同程度地败落了，花盆里的土壤都干裂了。我走到桌旁坐下，等她来给我上课。我希望她完全忘记了上课这回事，希望她不要回头，那么几分钟之后我就可以趁她不注意悄悄溜走了。但是，她突然猛地把头转向我，一瘸一拐地走到了她的床边。她慢慢地解开黑色的鞋带，脱下鞋和袜子。我惊恐地看着她那只巨大的鞋子砰的一声掉到地板上。这是我第一次看到她光脚。我原本以为会看到一只畸形的怪物，畸形如蹄子，或者长着蹼形脚趾，或者像鸟爪一样。可是，实际上令我很失望，那双脚看上去很正常，只是一条腿比另一条腿短了至少 8 英寸。而且那双脚很精致，形状近乎完美，皮肤如奶油般润滑。她就那样躺在那儿，也不理睬我。紧接着，她的身体开始抽搐颤抖，床也随之摇摆起来。发生地震了吗？

突然之间，她从呜咽变成了嚎啕大哭，犹如火山喷发般发出令人恐怖的哀嚎。那些声音犹如湍急的岩浆从杜波依丝夫人的口中喷涌而出，法语词也如铺路的碎石子不断地滚落出来。

"我的纪念日（Mon anniversaire），这是我的纪念日，我的结婚纪念日。我们应该已经结婚 35 年了。哎呀，他是多么的漂亮（joli），多么地惹人爱，是多么棒的一个人啊。他穿着优雅，还有一双漂亮的脚。没有一点瑕疵，那么白，那么完美，还有那粉红的脚趾甲。那真是一双完美的脚。他参加法国军队，穿上军装制服，看上去真是那么的，那么的……"杜波依丝夫人就像个提线木偶被猛地一拽牵线，在床上直挺挺地站了起来，"那么的帅，那么的温文尔雅，那么的高大魁梧（magnifique），我仰慕他。我爱他（Je t'adore），"她呜咽着说道。

我就这样眼看着杜波依丝夫人的这场感情大爆发，极力想跟上她那嗒嗒蹦出来的法语词汇。我想能像雾一样被蒸发掉，却发现已经被困在那里。夫人的身体侧向我这边，用她那枯干的手指招呼我走近一些，然后轻声问道："你想看看我的丈夫吗——mon mari（法文：我的丈夫）？"

我点了点头，她溜下床去，钻进了床底下，只留下屁股露在外边，像是悬在空中的一只大黑气球。我绝望地盯着模糊的窗户，试图看清外面世界的样子。我顺从地听任她去找那很可能都褪了色和模糊不清的相册，因为我从小接受的教育，要懂礼貌，应该看看那些照片。她终于从床底下爬了出来，手里紧紧地抓着一个满是灰尘的木箱子。她把双手伸开，将箱子递到我的面前，仿佛那箱子里就是皇冠珍宝，而她就是女王。

"这就是我的丈夫。"她用法语说。她说得很温柔，但是这句话却吓得我尖叫了一声，惊慌地往后退。"你不想拿着？"她叹了口气，然后慢慢地打开了脏兮兮的箱子盖。里边满是沙土,一股子霉味,潮湿、陈腐,虽然很平常无奇,却有一种不祥之感。

夫人把那个箱子捧在胸前,来回晃动着,还不断发出轻轻的哽咽之声。"他们开了枪。"她诡秘地朝我悄悄地说,眼睛里充满了眼泪。"他们朝他开了枪。他们说,他走私军火卖给敌对方,卖给敌对方,"她刻意地小声说,并靠近我的跟前,一边还四处张望,好像附近就有敌人在竖起耳朵听她说话似的。"行刑的时候我也在。他们让我看着他还有其他几个人被枪决。砰、啪。他们的双手都被反绑着。又是砰、啪两声。然后,他们把他和那些人都扔进一条沟里。我恳求他们让我带走皮埃尔的尸体,但是他们说不行并且把他们都点火焚烧了。那天晚上,我又返了回去,用这个小箱子装了一箱他的骨灰。我可怜的皮埃尔,这些年就一直这样陪伴着我。"她一直轻轻地摇晃着怀里抱着的那只箱子,用脸颊摩挲着。

不一会儿,夫人又躺回床上,把头上的发卡取了下来,任由她那火焰般的红色卷发顺着后背滑落。那头卷发如光环一般围绕着她。她闭上眼睛睡着了。我悄悄地走了出去,蹑手蹑脚地走过那群都长着一头黑发,只顾埋头缝纫的女孩子们,当我走过她们时也没有人抬头看我。我想把这件事告诉我的父母,但是这个想法像一只蝴蝶从我的脑海里一掠而过,很快就消失了。即使爸爸妈妈夜晚的争吵越来越多,他们也得不到什么答案,他们也想要一个无忧无虑的世界。和往常一样,他们激烈争吵的夜晚过后,又是开心的一天,好像什么事情都没有发生。他们确信我看到的只是光芒闪耀的白天,所以我没有必要把我和杜波依丝夫人的故事告诉他们,打破他们心中美好的幻觉。

那年的 12 月,整座城市里总是覆盖着很快就融化的白雪,下雪那几天城市里的喧闹之声都会变得柔和,安静了许多。杜波依丝夫人的煤炉总是烧得令人不安地劈啪作响,但是却没有多少热气。我们练习着动词变位,同时读着一本古旧的法国地理书,那本书已经完全过时了。她一直没精打采的,嘴里用法语嘟囔着"很好,很好",但声音听上去低沉又无力。有一天,我换了本书,开始读我的一本英文书,她好像都没有注意到。她只是愣在那儿,咬着嘴唇,直到咬出血为止。她不再煮那些味道难闻的肝脏混合菜,也不再试图去打扫椅子上的尘土。那些花卉已经完完全全地枯死了,像精疲力竭的芭蕾舞女演员一样倒在了花盆上。夫人坐在那儿,皱着眉头,眼睛瞪着结冰的窗户,似乎在试图破译什么密码,寻找一个标志,或者是在等待着一条迟到的消息。有一天,我背诵了几首俄文诗歌,她连眼睛都没有眨一下,视线从未离开过窗子,也一直对着窗子坐着,一动也不动。对她而言,各种语言之间似乎已没了界限,她已经都分辨不出来了。

再后来的几个月,夫人就像被扎了孔的气球一样一点点地泄了气,身体萎缩,皮肤起了皱纹,毫无生气的样子。房间的角落里挂满了蜘蛛网,桌子上积了厚厚的灰尘。即使粉红色的鲜花绽放的春天已经到来,夫人身上却还裹着她那厚重的黑色大衣。6月末,妈妈收到了一张俗艳的圣诞卡,上边画着的耶稣很像是中国人。卡片背面是杜波依丝夫人潦草的笔迹,"由于家事不得不停止教课。"妈妈说:"那就这样吧,我们会再找一个新老师。等过了这个夏天再找怎么样?这样你就有时间练习游泳了。"

我兴奋地绕着妈妈跳起舞来,几乎把她撞倒了。

"她的课有这么糟吗,没有吧?"妈妈恳切地问道。

"没有,课上得不错,挺好的。我只是因为夏天来了而感到高兴。"我撒了个谎。

接下来的几个月,我一直泡在游泳池里,每天都要在池子里泡好几个小时,手指和脚趾头都被泡得皱成了皱巴巴的爪子。望着夏日的阳光,我想起杜波依丝夫人,想她这会儿在做什么。我还想知道那些缝纫女孩儿们怎么样了,周围全是线头和碎布,肯定都粘到她们的皮肤上了。还有那个严厉的监工,吸着烟,吐着一团团的烟雾,使那闷热的房间显得更热了。

又过了几个月,我又见到了杜波依丝夫人,还是在维多利亚花园,她当时还是坐在我第一次见到时她坐的红色凉亭旁的那张长椅上。我走到她面前,但是她已经认不出我了。她看着花园内的景色,微微笑着,怀里紧紧地抱着那只木箱子,轻声地对着箱子说着什么。我看着她站起身,绕着那张长椅转来转去,然后把箱子里的东西全倒空了。她跪在那里开始刨土,并将刨起来的土装进木箱子里。"那些骨灰都陈旧腐化了……我的皮埃尔是多么年轻啊。也许那其实不是皮埃尔呢,那天有三个人在那儿被枪杀了。"她低声嘟囔着。我看着她,感觉很可怕,因为她不只是把箱子重新装满了,还轻巧地抓了一把沙土放进嘴里,咂巴着嘴像是享受美味一样。

许多年以后,我曾到过巴黎的一家古董商店。那是一个大雨天,雨雾弥漫,透过商店的玻璃窗,我看到一个雾蒙蒙而又柔和的世界,就像莫奈的画一样。在一堆随意堆放的小玩意里,我看到了一个刻着三只小猴子的雕像,放在一个蒂凡尼花瓶和一把银质黄油刀的中间。那三只猴子分别名为"邪恶勿言""邪恶勿视"和"邪恶勿听"。我忽然意识到,将"邪恶"换成"悲伤",这个雕塑就像我们一家三口。我们彼此在一起,却过着相互不讲也不承认悲伤的生活。忧愁的心情是不能忍受的。我的爸爸妈妈积极主动又充满活力,他们始终相信这是世间一切可能中最好的生活方式。他们传承给我的是无可匹敌的无畏意志,和从最小的雨滴中或最寻常不过的云朵中发现美丽的能力。我默默地感谢他们送给我的这份不寻常的天赋。

我握着那个小雕像,感到它温和又湿润。透过雾气蒙蒙的窗户,我看到外边有一个跛行的女子,她披着黑色的披肩,一头红发。我的心几乎停止了跳动。夫人,杜波依丝夫人,我默默地喊叫着。我跟着她跑进了雨中,但是她已经消失在雨雾中。我忽然意识到,如果她还活着的话应该有一百多岁了。

原谅我,我低声说,原谅我没有理解你的苦难,没有讲出你的遭遇。我不知道该怎样做,我没法说出来。我的父母希望我看到一个充满阳光、窗子打开的世界,而你的世界总是那么的晦暗、封闭。

我走回商店时,心里轻松了许多。"我要买这个,可以吗?"我指着我掌心握着的那个小雕像,用无可挑剔的法语说道。

10. 北戴河夏日

8月的雨滴滴答答,有节奏地敲打在有花边装饰的凉亭的顶上,叮咚作响。但是，我们惬意地围坐在凉亭中央，毫不在意，因为我们正聚精会神地玩着"大富翁"。我们满身是汗，时不时还会有阵阵凉风吹起的雨滴如醉汉般摇摇晃晃地打在我们的身上，但我们还是继续玩着游戏。我们伏在棋盘上，"买地""卖地"，做着各种贪婪的交易，连爸爸妈妈们叫我们去吃饭都全然不顾。事后我们会辩解说，雨声和电闪雷鸣使我们什么也听不见。其实，我们当然听见他们在喊我们。

　　每年的夏天，我们都会去北戴河待三个月。一整个冬天我们都渴望着那绵延数英里，如天鹅绒般柔软的白沙滩，梦想着兴奋地遨游在波涛涌动的海水中与沙滩上，融入到海水与花岗岩撞击而成的白色雨雾之中。最后一次在渤海边的北戴河度假时，我们住在一个院子里，院子里有六套平房，每套平房里有五到六个房间和一个共用餐厅。每套平房都有四面环绕的走廊，走廊上都摆有一样的柳条编的床榻和罩着滑滑的印花棉布的枕头。每次我想靠着枕头时，它都会往下滑。每个房间里都住着一位妈妈和她的孩子们，爸爸们只有周末才会过来。我们的身体里充溢着夏天自由的气息，整天吵闹个不停，从来没有安静过。佣人们都住在平房的后边，给我们准备牛奶，用切去边角的面包做成三明治，还有一堆堆来自佛罗里达的甜橙。

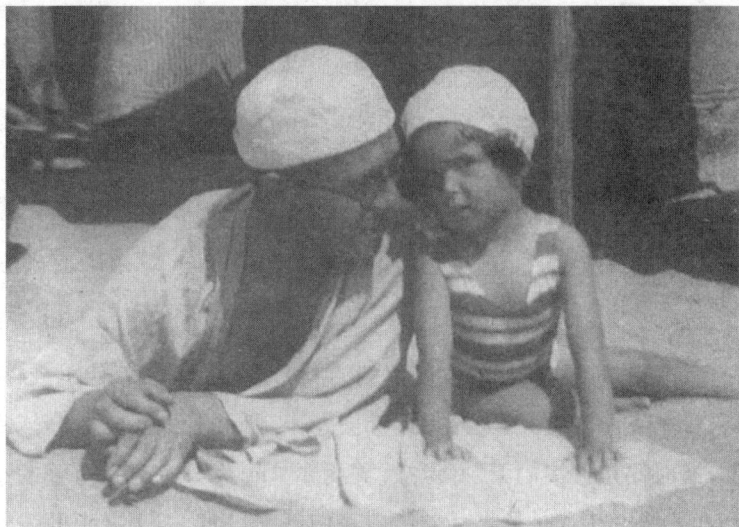

与父亲在北戴河

　　每天太阳升起时，所有的一切都闪烁着钻石般的光芒。我们挥舞着毛巾，抱着橡皮筏子还有一袋袋的玩具，冲向海滩。妈妈们在我们身后喊着，"别跑太快！""你还没吃完呢！""别忘了戴上帽子"。但我们都不管，事后告诉她们我们跑得太远了，根本听不见她们的声音。声音传不了那么远，我们总这么说。我们享受着她们在我们身后追赶着，竭力要跟上我们的样子。有的妈妈带着三明治，有的妈妈带着一大堆的毛巾，还有的带着大袋的甜橙。每天，海滩上卖面人的中国小贩都会在我们面前捏制面人，涂上鲜艳的颜色。他企图吸引我们的注意，但我们总是假装睡着了，对他不理不睬。

与朋友在北戴河

　　到 8 月底的时候，我们的皮肤都被晒黑了，闪着光泽，就像荔枝核一样。我们每天都呆在海滩上，而大海每天都会露出不同的面孔，常常会让我们意想不到。有时候是大浪滔天，好像在说"我要吃掉你"；有时是可爱的小浪花挠着我们的脚趾；还有时是水平如镜。我们都很得意，因为在那儿我们大部分的时间都能巧妙地逃开父母。然后，我们又开始期待第二年夏天的到来，其实只要等九个月而已。

然而，我们再也没有机会回去那儿了。战争和侵略军的占领将我们困在了城里。北戴河的夏日渐渐隐入我们记忆的深处，只是偶尔会问起"还记得那如丝般的沙滩吗？""你还记得那成堆的甜橙吗？"然后，我们叹口气，眨眨眼，抬头凝视着天空，当然永远都不会忘记。

11. 对音乐的追求

我从五岁起开始跟着柳得米拉·佩特洛夫娜·霍拉金（Ludmilla Petrovna Hohlachkin）学习钢琴。她是个高个子、仪态优雅的俄国女子，头发梳成高高的发髻，经常穿着带花边的衬衣，颈部领口别着一枚有宝石浮雕的胸针。看到她总让我想起沙皇皇后的画像。她的眼睛看上去总是显得有些激动的样子，一兴奋两颊就会变得绯红。有传言说她曾经结过婚，丈夫是个为他人非法堕胎的医生，后来离她而去，她现在跟一个欧亚混血儿在一起。她从未提起过她的丈夫。我和她的交往完全是致力于对音乐的追求。

她和她的妹妹一起住在一幢破旧的灰色公寓楼里，她们的居所位于四层，只有两间小居室。小小的起居室里挤着两架互呈一定角度摆放着的钢琴，还有两张凹凸不平、垫着厚垫子的长凳。墙中间挂着一张正在沉思的贝多芬的画像，画像上的贝多芬前额布满了深深的皱纹，显得很有些绝望的样子。在这狭小的寓室里，还住着两只狗，雷达（Leda）和尼罗（Nero）。我上课的时候，常会听到它们在过道里走动和碰尾巴的声音。

柳得米拉·佩特洛夫娜不愿意她的课程被打断，也从不理会节假日或假期。我们每周上两次课，分别在周二和周五。每当我们不去北戴河度假的那些炎热的夏天，我都要按时去她那上课。穿过公寓楼后面那条没有铺砖石的小巷子，总会闻到从一排排垃圾箱里散发出来的腐烂蔬菜的臭味。街道拐角处还有一家鱼市，尤其是在那些闷热难挨的日子里，这些气味混合在一起，一路紧随着我，直到爬上四楼。等到柳得米拉·佩特洛夫娜让我进门并飞快地关上门后，那些臭味才减弱了下来。到了冬天，公寓里又冷得刺骨。从 11 月到 3 月，我都要戴着露手指的手套以使手指保暖才能弹琴，而且也不能脱去外套。她则裹着一条阿富汗披肩，笔直而又威严地坐在那儿，像一个乐队指挥一样挥舞着她的手臂，大声地数着节拍。我们坚强地度过那些岁月，不管酷暑还是严寒，不顾种种的痛苦，把我们所有的精力倾注于音乐的教与学之中。我对她简直着了魔。

柳得米拉·佩特洛夫娜曾在圣彼得堡音乐学院师从帕德雷夫斯基(Paderewski)①学习音乐，现在她梦想着我能在音乐领域有杰出的成就。她要求我要完全献身于她的艺术当中，连续数小时的练习，技法上要完美无缺，弹奏时必须要"用心灵"。为了让我达到这一完美的状态，她告诉我，每个手指都是"小战士"，都必须要进行严格的控制和训练。在我练习弹奏音阶时，她会在我的手背上放一个火柴盒，如果我的手突然晃动，火柴盒就会掉下来，她就会马上把火柴盒再放上去。当我能独立弹奏了，我的"小战士们"不再需要火柴盒的帮助就能准确无误地演奏了，我就取得进步了。她对我说："当你演奏的时候，要去感觉，去感觉。要像一只蝴蝶那样柔美，又要像一名战士那样坚定。要练习，不停地练习，每天至少要练两个小时。一直坚持这样，你将会前途无量。"当时，我的内心很高兴这样做，很乐于让她满意，心甘情愿地服从她制定的规矩。

但是当我进入青春期之后，一些新奇的感觉开始渗入我的心里。好像是内心在呼唤，一种朦胧之中的对两性的好奇心吸引着我，没完没了的钢琴练习则成了让人厌烦的事。我需要时间去体味那些新的发现。有一天，我哭着乞求她改变一下我们的规矩，将每周两次课调成每周一次，每天两小时的练习缩短到每天一小时。柳得米拉·佩特洛夫娜从椅子上站起身，身体摇晃了一下，像是脚没站稳，她瞪着我好像我是一个背叛者。"要想学好音乐你必须付出你的全部，没有别的路可走。半途而废是学不好音乐的。"我恳求着，哭泣着，但她始终很坚决，没有任何妥协。尽管我们一起相处了九年，她还是决绝地让我走开，再也不要回来。就这样我离开了沉思的贝多

---

① 伊格纳西·帕德雷夫斯基(Ignacy Jan Paderewski, 1860—1941)，波兰钢琴家、政治家、外交家，19 世纪末 20 世纪初世界杰出的钢琴大师，曾出任波兰总理兼任外交部长。

芬、摇着尾巴的雷达和尼罗,还有那烧不热的炉子,离开了那间小小的公寓。她的妹妹在门边勉强地冲我笑了笑,也没说什么。我们都知道,跟不会屈服的柳得米拉·佩特洛夫娜争辩是没有用的。

因为她决不妥协的训练要求,她的其他许多学生都已经离开了她,但她还是执著地坚持她的理念。她的妹妹靠做些针线活来贴补她们日益减少的收入,但是她做得并不是很好,所以有好多年她们都濒于贫困的边缘。1948年,当我要离开中国时,我都没有勇气去跟她说再见。那时我才明白,我辜负了她的期望而且永远都无法弥补这一切了。很久之后我才知道,她在1950年的时候去世了,死于结核病。想来正是她两腮的那两团绯红耗尽了她的生命。

柳得米拉·佩特洛夫娜一直活在我的心里。她在我身上留下的印记是那么的明显,乃至她虽然不在了,可我还是一直遵守着她的那些规矩,按照她定下的戒律生活。我总是想要保持行为规范并始终坚持,对之充满激情。它成了我生活的保障,成为我一直依赖的东西。只要有它在我就感到欣慰。而且,我陶醉于我的那种总是跃跃欲试的品性,在并不强烈的紧张情绪与梦幻般的想象中得到提高。

12."我们必须礼尚往来"

妈妈用她那棕色的眼睛严肃地看着我,眼睛上方的两道眉毛穿过前额连在了一起。"不行,我们不能让雪莉·坎布雷(Shirley Canberry)下午到我们家来。"她说道。当时,我和妈妈正坐在祖母的那幢楼房二楼的阳台上,我们和几家亲戚还有另外几户人家都住在那所房子里。我一边听妈妈说着,一边用脚有节奏地踢着藤椅子腿。妈妈穿着那件我很喜欢的黄色棉布裙子,上面印有黑色的圆点花纹,裙子上缝着一条黑色腰带,系在妈妈纤细的腰上。我渴望着有一天能有她那样细的腰,因为我那时是12岁左右的年纪,正处于又矮又胖的发育期。当时是5月,可空气中还飘浮着3月从戈壁沙漠刮来的风沙残留的沙尘,我舔着干裂的嘴唇时,还能感觉到嘴里有沙子。透过阳台的围栏，我能看到厨子正把前一天晚上的垃圾扔进厨房旁边那两个大铁桶里。厨子的个头很高，手臂肌肉很发达（"中国北方人很难见到这样的体型"，妈妈总是这么说他）。我还看到我们的男仆隋（Sui），正靠在一棵树上吸烟，他大口地把烟吸进去，然后慢慢地吐出一个个精巧的小烟圈。还有黄包车夫吴（Woo），他正蹲在地上吃着一碗米饭。他抬头看见我，冲我挥了挥手，我也冲他挥了挥手。我能听到他们在说话，但是只能听懂少量的中文词。我虽然出生在中国，却不会说中文，我在家说俄语，在学校说英语。

"可是雪莉为什么不能来我们家呢？"我执意地问道。

妈妈叹了口气，她的眼睛越过我，凝视着远方，沉默了好一会儿。而我一直踢着椅子腿，缠在椅子腿上的藤条都被我踢散，掉了下来，落在地板上窄窄的水洼里。

"因为我们没有坎布雷家那样的房子，雪莉在这儿会觉得很不自在。她是大使家的孩子，我们这儿只有一个洗手间，而且二楼……"妈妈自己数了数，"至少有八个人共用这一个洗手间"。

"雪莉不在乎洗手间。"我说。

"那么，坎布雷家有几个洗手间呢？"

我看着她，觉得这问题很可笑，但是我发现她真的很严肃而且期待着我的回答。

"四个。"我答道。

"你看吧，"妈妈得意地说，"我告诉你让她来这儿是行不通的。我们带她去维多利亚咖啡馆喝茶吧。"她靠进高背藤椅里，把她背后蓝印花枕头挤得鼓了起来，又开始读她的书去了。

我接着说道："这些都算了吧。我还是照常去坎布雷家，雪莉也不用跟我们去别的地方了。"

一想到要在维多利亚咖啡馆度过一个下午，要穿着正式，武装到牙齿，还要注意举止，要听着四位上了年纪的德国犹太难民演奏过时的维也纳圆舞曲四重奏，顿时让我感到局促不安起来。我知道雪莉肯定讨厌这些。她讨厌被关在家里，讨厌穿着正式。雪莉和我发现了到处溜达的乐趣。我们常常会离开坎布雷家,花好几个小时去中国城区闲逛。我从未跟爸爸妈妈提起过,因为他们一直警告我不要走出欧洲租界区。但是,坎布雷夫人对此好像一点都不在意,实际上,她还鼓励我们走出去,去"发现"那个世界。她经常和我说,我能生活在这儿是多么地幸运,她是多么希望雪莉在她们回美国休假之前能够看到中国的各种奇观。雪莉和我会沿着维多利亚道一直往前走,过了桥以后就是意租界,然后我们就到了中国城区。那里的街道很窄,挤满了叫卖的小贩。洗过的衣物吊在阳台上,小孩子们开心地四处奔跑着。空气里混杂着没洗的衣物的味道,还有粪便和米饭的气味。闹哄哄的人群在四周走来走去,让我们觉得既刺激又恐惧。每当对那些场景和声音感到难以承受的时候,我就往往想要往回走,而雪莉总是还未尽兴。"我真是搞不懂你,"雪莉就会说,"你在自己的国家怎么还会觉得不自在。我就喜欢待在我们美国。"我通常会保持沉默,因为我没法对自己的不自在做出解释。我羡慕雪莉的自信,羡慕她的讲求实际,而我总是在犹豫不决中踌躇不前。我爱我的家乡吗? 或者我讨厌她吗? 我真的不知道。我所知道的就是我敬佩雪莉,希望自己能像她那样。

这时,妈妈打断了我的思绪。"我们必须这么做,因为我们得礼尚往来。你总是去坎布雷家,但我们却从未招待过雪莉。"

"可是,我知道她不喜欢去咖啡馆。"

"那么,这对她将会是一种全新的体验。"

"那为什么不能让我直接给坎布雷家送点什么东西过去呢? 我是说,我们礼尚往来,给坎布雷夫人送些礼物。"

这个主意让妈妈来了精神,我能看得出来她在考虑这个主意。我看到她皱了皱鼻子,在专心地考虑。"不,我认为这行不通,"她最后还是这么说,"如果你送东西给坎布雷夫人,她就会回送你一些东西,然后我们还得……不,我不认为这是个好主意。"

"但是你和德里登(Driden)一家就互赠礼物。"

"那不一样。"

"为什么?"

"因为那就是不一样。我们不要再争辩了。去邀请雪莉，周六下午四点我们去维多利亚咖啡馆吃冰淇淋和蛋糕。"

"那好吧，至少那儿有够用的卫生间。"我一边说着一边愤愤地从椅子上站了起来，猛地端了一下那张竹椅，然后跑到楼下的花园里。

花园里长满了野草，我坐在我最喜欢的垂柳下，瞪着楼上正在看书的妈妈。她穿的那条黄色裙子看上去很凉爽，如柠檬般清新，而我却觉得又热又令人发痒。我听见通往阳台的门响了一下，我看到姑姑走了出来和妈妈坐到了一起。我还能听到她们在一起大笑。

我蹲在柳树下，背靠着树干，摘了些雏菊编起花环来。妈妈靠在阳台的栏杆上看着我，我听到她说："不要靠在树上，会把你的裙子划破的。"我却靠得更紧了，把我的白色亚麻衬衣紧紧地压在树干上，希望能在背上留下大片洗不掉的污迹。"进来，赶紧进来，天要黑了。"我听到妈妈在跟我说，她的声音仿佛是从远处传来。随着太阳落下，夜晚的微风让昏暗的花园凉爽了下来。

第二天在学校看到雪莉时，我不知道该怎样才能婉转地把去维多利亚咖啡馆的计划告诉她，最后我脱口而出："我们去维多利亚咖啡馆喝茶吧。你、我还有我妈妈。"雪莉用时髦的刘海儿下那双突出的蓝眼睛紧盯着我，什么都没说。我气冲冲地又重复了一遍，"只是你、我还有我妈妈。"

"我讨厌维多利亚咖啡馆，"雪莉说，"而且你知道我有多讨厌正式地妆扮。还有，没有哪个大使馆的人会去那儿的。"

"我妈妈说我们必须要礼尚往来，因为我总是去你们家做客。"

"那又怎样？我妈妈喜欢你去我们家。"

"我知道，但是我总是去你们家，这不公平。"

"你为什么总要这样比呢？我们只要开心就好了。"

我看着雪莉，她正用一根树枝在地上画画，又是圆圈又是叉叉，组成了一个复杂的图形。雪莉总是说只要开心就好，总是批评我太过严肃了。我常想，是不是只有美国人才能达到那种美妙的状态，但是这样的想法总让我感到很绝望，因为我知道我永远也不能成为一个美国人，那么我也就永远无法达到雪莉常说的那种"开心就好"的美好状态。

"我觉得你得去维多利亚咖啡馆。要不然,我妈妈会一直跟我说,也许她甚至会不让我再去你们家了。"

雪莉转了转眼珠,表情就像是在说,"这些大人们真让人受不了"。随后,她答应周六去和我们见面。"那你怎么去那儿呢?"我问她。

"走着去太远了,我会让司机送我去的。如果我跟爸爸说的话,他肯定会同意周末让我用一下使馆的车的。"

接下来的那一个星期,虽然我们在学校天天见面,但是我们从未提起过即将到来的周六的会面。星期四的时候,按照我们在暖和的月份每周的惯例,我们在坎布雷家的后院里"露营",睡在由中国仆人前一晚搭好的帐篷里,躺在雪莉他们从美国带来的睡袋里。雪莉经常跟我说起他们一家在美国度夏的事情,在科罗拉多的洛基山(Colorado Rockies)、大峡谷(Grand Canyon)还有约塞米蒂国家公园(Yosemite)。各种景象在我的脑海里盘旋,巨大的瀑布、白雪覆盖的高耸的山脉,还有四处觅食的熊。妈妈管露营叫"睡在地上",她认为露营是美国人奇怪又不正常的行为,会导致感冒和背疼,只是在我苦苦恳求之下,她才允许我和雪莉一起享受这样的休闲活动。

那天晚上,我们坐在帐篷前事先为我们准备好的一堆小篝火旁烤棉花糖,这些棉花糖由坎布雷家头号男仆刘(Liu)串在按一定长短削好的树枝上。"我喜欢躺在星空下,你呢?"雪莉说,"我都等不及了,恨不得我们马上回到美国去真正的野外露营,而不是在后院。也许你可以去美国找我。你觉得你父母会让你去吗?那一定会非常有意思的。"

"当然,雪莉,"我答应她说,虽然我十分地清楚这个愿望是不可能实现的,但我还是说,"当然,我会去找你的。"

"太棒了,"雪莉说着,我们蜷缩在睡袋里睡着了。

星期六早上我醒得很早,听见佣人们在我窗户外边聊天。从我们的住房通往厨房的走道上,我看到厨子坐在剃头师傅的椅子上,剃头师傅正使劲地搓洗着厨子闪亮的光头。这个剃头师傅每隔几个星期就会来附近转一趟,给人们剃头理发。厨子的妻子蹲在地上吃着早餐面条。他们的两个孩子正往一个罐子里投光滑闪亮的鹅卵石。这时还很早，街上没有什么人。

妈妈叫着我说，今天我们定好要去维多利亚咖啡馆见雪莉。我对着镜子里的自己做了个鬼脸，嘟囔了一句："就好像我把这事给忘了似的。"妈妈一整个早上就在我身边忙个不停，看我是不是洗了头发，有没有戴好发夹。她让厨子的妻子熨好我的黄色裙子，然后忙忙乱乱地在我的衣柜里翻找与裙子颜色相配的袜子，她甚至把我的发带都浆洗熨烫了一遍。

"干吗要做这么多的准备？雪莉也许就穿着她刚收到的那条从美国寄来的工装裤呢。"

"你知道的，所有的人去维多利亚咖啡馆时都要正式装扮的。"

"那是所有人，但雪莉不会，她讨厌去维多利亚咖啡馆。"

"我敢肯定她妈妈一定会让她穿裙装的。"

"她的爸爸妈妈这个周末都出门了，她家里只有她的姐姐，还有她的弟弟肯特（Kent）。"

一整天我都焦虑不安地在房子里转来转去。我下楼看厨子准备午饭，看他正拿着大菜刀切蔬菜，嘴里还叼着一支烟。我看着那烟头上的烟灰就悬在那些胡萝卜和洋葱的上方，正当它们快落下的时候，厨子猛地用力一弹就把它们弹飞了。厨子的孩子们蹲在地上，正在沙子上画着画。我蹲在那儿和他们待了几分钟，但是他们好像对我没什么兴趣，于是我起身走开了。我回到楼里，到一楼去敲玛丽的门。她打开了门，身形显现在门口，眼里含着泪水，乱蓬蓬的头发裹在头上。"我现在没法跟你说话，我妈妈正盯着我呢，"她悄声说。然后，她的门在我面前砰的一声关上了，过道里只剩下我自己。于是，我又去敲米勒太太的门，但是没有人应声。我偷偷地把门推开一条缝，发现她正躺在沙发上睡觉，她那庞大的身躯盖着一条阿富汗毛毯，毯子的一半滑落在地上。她的呼噜打得震天响，每一声呼噜都是咯咯声和喘息声混在一起形成复杂刺耳的噪声。我关上门，走上楼去，躺到床上，随手拣起一本《双城记》，边看边等待着下午四点的到来。

我肯定是睡着了，因为我听见妈妈在叫我起床，跟我说我们已经迟了，不可能准时到达维多利亚咖啡馆了。三点半的时候我们出门了。我穿着黄色的裙子，还有与之搭配的袜子；妈妈则穿着一条有蓬松袖的蓝色丝裙，还有配套的鞋子。我们急匆匆地走过一条条街道，遇到熟人也没有停住脚步，只是打声招呼："你好，我们赶着去维多利亚咖啡馆。"

"她已经到了，我们让她等了。"妈妈说着。当我们转过达文波道和维多利亚道的拐角时，看到雪莉已经站在维多利亚咖啡馆门前。她随意地靠在门边，两只手放在屁股上，无聊地四处张望。她穿的是那年流行的优雅的水手装。妈妈说："我跟你说过她会穿正式服装的吧。"我没有理她。

犹太人与华商合资经营的维多利亚咖啡馆，也称维克多利餐厅，现为起士林餐厅

一走进维多利亚咖啡馆，我就闻到了新鲜烘焙食品的香味，它们被摆放在闪亮的玻璃柜子里的白色圆垫上。负责烘焙食品的是咖啡馆的老板，一位就像她烤出的月形面包一样体态丰满、容光焕发的女士，胖胖的脸上嵌着一双亮晶晶的葡萄黑色的小眼睛。她穿着轻便鞋，拖着肥胖的身体走来走去，用沙哑的嗓音跟我们打着招呼，每说一个字都气喘吁吁的。穿过像家一样温馨的烘焙间，我们来到了维多利亚咖啡馆的里面，这里才是喝咖啡的地方，一切都显得昏暗而又沉重。很大的房间里面没有窗户，仅靠壁灯和枝形

吊灯来照明。直到很多年以后我才明白，午后坐在昏暗的房间里会让人感到舒缓。而在当时，那些花纹壁纸、靠墙排列的黑皮隔间，还有脚下的厚地毯——我穿着露脚趾的凉鞋，地毯总是刮我的鞋——都让我觉得很压抑。房间的中央散摆着几张桌子，桌子上铺着亮闪闪的桌布。当我的眼睛渐渐适应了房间里的昏暗，演奏四重奏的那几位乐手就出现在我的面前。我们在他们旁边的一张桌子坐下，他们开始演奏施特劳斯的圆舞曲《蓝色多瑙河》。妈妈满意地舒了口气，坐在她的椅子上，雪莉看看我眨了眨眼。

这个时间店里没有什么人，一会儿，过来一名侍者，我们开始点餐。雪莉看上去有些不耐烦，不知道该点哪一个，妈妈花了好长功夫陪她一起翻遍了整个菜单。最后，决定要了一份美式圣代，由冰淇淋、香蕉还有巧克力曲奇混制而成，上面再浇上打好的奶油和橙汁，是我历来喜欢吃的。我们还点了酷其卡，是把巧克力融化到威化饼里，再堆成三角状的一种甜品。雪莉总说那"只是玉米片加上融化的巧克力"，她永远都不会明白我为什么对这种甜品如此着迷。

四重奏组开始演奏《维也纳森林之声》，妈妈随着他们的音乐摇晃着，还用脚踏着一二三的节拍。她朝小提琴手伯曼（Berman）先生挥了挥手，他也朝她点了点头，一边还拉着琴，节奏丝毫不差。伯曼先生在城里许多重大场合演出，据说战前他是柏林爱乐乐团的成员。现在他教授小提琴，还在维多利亚咖啡馆演奏。我看着雪莉，她正大口吃着她那个美式圣代，她把曲奇饼都挑出来放在一边，好像是等一会儿再吃掉的战利品。

妈妈不停地问雪莉关于美国的情况，雪莉礼貌地回答着，甚至还显得特别热情。当我听到雪莉骄傲地讲到她的故乡伊利诺斯的时候，我对她有了新的看法。她说他们可能下个月就要回国了，因为她的姐姐下个学期要去斯坦福大学上学，她们一家人要回国休假去了。这是我第一次听雪莉提到他们离开这里回国的具体时间，瞬间有一种被抛弃和被欺骗的感觉，尽管她就坐在我的旁边。我眼眶一热，眼泪差点涌了出来，赶紧将脸转向别处。"我不知道你这么快就要走了，你都没告诉过我。"我和她说。

雪莉耸了耸肩说："我忘了。我本来打算就告诉你的，真的。不过没事，我们还有一个夏天可以在一起。"

乐队正在演奏一组俄罗斯歌曲联奏,妈妈愉快地与雪莉起劲地聊着,而我则用勺子不停地戳着我那盘已经被我完全搅乱融化的圣代,看着维多利亚咖啡馆里越来越多的人,想着没有雪莉的生活。雪莉点了杯冰茶,侍者端了过来,盛冰茶的是一只高玻璃杯,一把长柄勺子伸出了杯口。这时,糟糕的事发生了,当侍者正要把杯子放到桌子上时,雪莉的肩膀刚好挡了一下,杯子被打翻了,整杯冰茶都洒在了她的大腿上。而这时,不知怎么,她的另一只手扫落了她面前的盘子,剩下的美式圣代也都洒落到她的腿上。那一瞬间我们都呆在了那儿,眼睁睁地盯着雪莉的水手裙装上满是冰块,巧克力曲奇还有三色冰淇淋。雪莉跳了起来,尖叫着"我讨厌维多利亚!"然后跑进了洗手间。妈妈也赶紧跟了过去,我坐在那儿继续把我的酷卡其都吃完了。乐队在演奏着《军队进行曲》。

过了一会,妈妈和雪莉回来了。她们看上去都很累,而且显得有些疏远,就像是她们一起经历了一次长途旅行,现在却发现一起旅行并不适合她们。雪莉看了一眼她的米老鼠手表,说司机肯定在等她了。她没有再坐下,只是站在桌子旁简单地说了一句"这个下午过得很愉快",向我们表示了一下谢意。她走过我身边,说"星期一见",然后手里晃动着带黄链子的、鲜艳的红色手包,走出了咖啡馆。我坐在那里,雪莉的突然离去让我一时愣住了,随即起身追了出去。她正站在门口等司机把车开过来。

"你怎么就走了?"我问她。

"我讨厌维多利亚,我从来没想过要来这儿。真是烦人。"

"别生气,雪莉。我希望我们还是好朋友。"

"你总是这么严肃,还很敏感。我妈妈常跟我说要考虑你的感受。她说所有的犹太人都是非常敏感的。可是,我只是想玩得开心。"

我望着雪莉,我想这是我们第一次谈到我的犹太人身份。我不知道该说什么好。

"我也想玩得开心,"我说,"我真的这样想。"

"但是,你显然没有那么去做。"

大使馆的黑色轿车开了过来,雪莉摇晃着她那鲜艳的红手包跑了过去,冲我晃了一下肩膀说了句"回头见"。

我回到咖啡馆里,妈妈正吃着她的圣代,看上去很享受。她依然跟着音乐摇晃着身体,不时和别人点头相互问候。

"雪莉做得很好,我是说刚才那个意外,"妈妈说,"没有搞成一团糟。"

"她只是出于礼貌而已。其实她很讨厌这儿。"

"话是这么说,但是做事懂礼貌也没有什么不对的啊。"

"我想回家了。"我说。

"我们就走,马上,"她看着我轻轻拍了拍我的手说,"现在我们也还礼了,你可以安心地去坎布雷家了。"

"我想他们可能再也不会邀请我去了。何况,他们很快就要离开这城市了,你刚才也听雪莉说了。"

星期一早晨,我和雪莉又在校园外碰面了。我们每次都在那儿等对方,然后我们可以一起分享周末发生的趣事。我们很喜欢校门口的一棵榆树,绕着榆树粗大的树干有一圈长椅。那天雪莉来晚了,她刚要在长椅坐下,上课铃声响了,我们只好奔向教室。接下来的两天她生病了,周四的时候她跟我说,她父母要举办一个使馆的大型聚会,她没法让我去。接下来的几周,她开始频繁地和另一个大使馆的"孩子"玛丽安·韦伯斯特(Marianne Webster)见面,我常看到她们在早晨上课铃响之前一起坐在那棵榆树下。

"雪莉怎么样了?"妈妈问我。

"她有了一个新朋友。"

"哦,反正我们已经还过礼了。你们可能还会成为朋友的。"妈妈努力地想宽慰我。

"我不这么想,她现在都不跟我说话了。"

妈妈抱着我说:"我知道,这对你很难。"

那个夏天,我都没怎么见着雪莉。8月的时候,我收到她的送别聚会邀请函。那是一个化妆晚会,维多利亚咖啡馆的四重奏组在聚会上演奏。我参加聚会时扮成了一个吉普赛人的模样,而雪莉扮的是玛丽皇后。

"我以为你讨厌穿正装,我以为你只喜欢露营,"我跟她说。

雪莉耸了耸肩,歪头歪头,头上戴的巨大的白色假发也随之滑向一侧。"嗯,我改变主意了。这几个月,我和玛丽安盛装打扮了好多次。还有,我有点喜欢这个四重奏组了,他们挺可爱的。"

我看着伯曼先生,他穿着便装,打着领带。我一点都不觉得他可爱。他看上去很累也很不自在。我看到他拉琴的时候,还用手打了只蚊子,擦了擦汗。

"我不认为他们可爱,他们只是在努力谋生而已……还有,你变了。你本来是讨厌这些的。"

雪莉看着我,叹了口气,"这就是你的问题。你总那么较真,而我改变了。'你得跟上时代的步伐,'这是我妈妈说的。来吧,玩得开心!"

我讨厌这个舞会,坐在角落里,看着那些大使馆的孩子们跳着舞,咯咯笑着,心里感到非常难受。我觉得妈妈也许是对的,如果雪莉去了我们那所只有一个洗手间的房子,她一定会觉得不自在的。

当四重奏组开始演奏弗吉尼亚里尔舞曲(Virginia Reel)时,整个坎布雷家的后院如一个旋转的万花筒一样五彩缤纷。我没有和雪莉或是坎布雷家的其他人说再见就离开了舞会。在她家房外,我碰到了雪莉的弟弟肯特,他看上去很无聊的样子。他问我是不是要走了,我说是的,他跟我说了声再见,就这样我离开了她家。

接下来,战争就爆发了,我再也没有听到过雪莉的消息。

13. 瓷器,小心轻放

我坐在阳台的白色藤椅上,当时正处在青少年迷茫和烦躁的状态,总是期待着会发生点什么事情。那时,我们刚搬到科伦坡道(Colombo Road)①的一所新公寓里。无聊,无聊,真烦人,我自顾自地想着,无聊得就像去年的

---

① 今常德道。

雪,无聊得就像喝剩下的肉汁。我努力想更多让人厌烦的事来自我消遣一下,但我想不出来了。我听见妈妈正和她的朋友薇拉聊着天津最新的花边新闻,她们不停地说着,就像炎热的夏天嗡嗡叫个不停的苍蝇。啪!一本书落到了我的脚边,随之传来一声清脆的英国口音:"哦!天哪!我把书弄掉了。实在很抱歉。我是帕尔默-琼斯夫人,是新搬到楼上的。你能帮我把书捡一下给我送上来吗?"我就像一个玩偶盒打开后弹出的小人一样从椅子上跳了起来,从妈妈和薇拉身边嗖地窜了过去,冲她们叫了一声:"我去楼上送书!"

三楼房间的门敞开着,女主人的红唇之间叼着一根烟,"我是格兰达·帕尔默-琼斯(Glenda Palmer-Jones),叫我格兰达就行。"她穿着一件柔软的蓝色丝裙,那裙子优雅地挂在她消瘦的身上,看上去清新凉爽。"这是格雷厄姆(Graham),"她指着一个长着一头浅黄色头发、矮胖的五岁小男孩说道。"谢谢你把书给我送上来。格雷厄姆,你得学着穿鞋子。要不然我们的新邻居会怎么想。"

"但是她就光着脚啊,"格雷厄姆指着我说。

"格雷厄姆,她是个大人。她可以按她自己的想法做事。"

在我十四年的成长岁月里,第一次有人把我当作一个大人看待,格兰达的话让我沉浸在一种从未感受过的暖烘烘的满足之中。再不会无聊了,也没有烦人的事了,我心里在欢唱,我是个大人了,我长大了,真的长大了。

"进来吧。"格兰达招手让我进了屋。这房间的大小和形状和我们楼下的房间一样,但仅此而已。房间里到处都是书,书架上、咖啡桌上、地板上也都是书,还有一些没开封的贴着"书"的标签的箱子。在一张黑色红木小桌上,摆放着一张皇室家族成员在温莎城堡的阳台上向聚集的人群挥手的照片。我走近一点去看时,发现伊丽莎白公主皱着眉头,而玛格丽特公主看上去也很无聊的样子。我心想,像她这样可以支配一切的人,怎么还会觉得无聊呢?

"这是皇室的照片,它让我想起我的家,我们是英国人。"格兰达说着,用她那染着红色指甲油的指甲轻轻弹了弹相框,尽管相框上并没有灰尘。"我们刚来天津。实际上，我们是开滦矿务局的人。P. J. 先生，就是我的丈夫，我通常这么叫他，大部分时间不在天津工作，所以我一个人待在这儿。哦，不，我跟格雷厄姆住在这儿。所以，如果你想看书，又喜欢有人作伴的话，可以随时上来到我这儿。"

开滦矿务局大楼

我知道开滦矿务局，他们主要的生意是销售煤炭。他们的总部就在公园旁边一幢巨大的灰色大楼里，有两个锡克人保安日夜在那儿守护着。他们裹着头巾，看上去很凶的样子。在我还是个孩子时，总是很害怕他们，直到今天，我每次都会从马路的对面走过去以避开他们。

"你可以来借任何你想看的书。你喜欢看什么书呢？短篇小说，诗歌，还是翻译的中文诗词？"

"萨默塞特·毛姆和契诃夫。"我答道。

"这是不错的选择。不过读点李筏（Li fa 音译）的诗歌怎么样？"

格兰达说的时候直视着我,她的眼睛如猫眼一样清澈透亮。我觉得自己就像一只被柔软而又沉重的爪子踩住的老鼠,一点也动弹不得。我有些局促不安,觉得很尴尬。

"我不知道是谁。"

"哦,亲爱的,我真不敢相信,你生活在中国竟然会不知道李筱。他是中国十三世纪一个很重要的诗人。你得读读他的诗,你一定要读。你在这儿住了多久了?"

"我是在这儿出生的,但是我的父母都来自俄罗斯。"我特意补充了一句,以此来为我对中国文学的无知开脱。

"天哪!我们得想个办法补救一下了。P. J. 先生和我是去年12月到的中国。我们开始住在北京,现在要在天津住两年。P. J. 先生和我相互保证过,我们在中国期间一定要学一切我们可以学的东西。你要知道,只有通过文学才能触及到一个国家的灵魂。"

最后我借回去了一本毛姆的小说和李筱的一本薄薄的诗集。那天晚上,我告诉妈妈格兰达邀请我随时上楼借书。妈妈说这是件好事,这样我就不用走很远去市中心的图书馆了。但她也提醒我不要去得太勤,免得惹人讨厌。爸爸则认为,多听听有教养的英国人说话对我是很好的训练。

几个星期之后,格兰达提出我可以定期去她那儿。"周二吧,那天最合适。我们可以聊天、喝茶,还可以讨论你读的书,我们可以交换意见。"

爸爸妈妈对这样一个安排感到有些吃惊。"我能了解你为什么喜欢去她那儿,因为那儿对你而言完全就是一个图书馆。但是,她跟你这样一个小孩子讨论究竟能有什么收获呢?"妈妈这么说。但是,爸爸则认为 P. J. 太太是太孤单了,她需要一个伴。不过,他们俩都提醒我不要打扰人家太多,要有礼貌。我记得那一整个夏天,我几乎每个周二都上楼去她那儿。

格兰达总是光脚盘腿坐在沙发上,穿着有些闪闪发光的飘逸的裙子,当她站起来的时候,裙子就鼓了起来,像帐篷一样套在她的身上。她只要摇一下银铃,仆人刘就会出现在面前,端来茶和黄瓜三明治。有时候他会端来扇形边的脆饼干,上边印着"Bristol"①的字样。格雷厄姆通常坐在地板上玩他的玩具火车,或者是翻看他的图画书。

看书时,格兰达总是将头凑到书上,她的额前垂发把脸都遮住了。可是当她抬起头的时候,我总是会被她的眼神吓到。她的眼睛就像浅蓝色的钻石,目光炽热而强烈。有时候我真怀疑她是否有些亢奋。

有一天,她突然倾身靠近我,青筋暴露的手掌弯成杯状,罩在嘴上,用她那嘶哑的嗓音低声问我:"你最近去过中国城么?"

"没有,爸爸妈妈不准我去那里。"

"为什么?"

"妈妈说城里太危险,有很多小偷,而且很脏。我们通常是不离开租界区的。"

格兰达眼睛一眨不眨地看着我。最后,她绕过一堆书,猛地把头直凑到我的跟前说:"你是说你从来没去过那儿吗?是这个意思吗?"

我羞愧地承认就是这样。我曾经被允许去过中国城一次,但那是很多年以前的事了,那些记忆都已经淡忘了。

去天津老城游玩

① 布里斯托尔,英国城市名。

"没关系，我们一起去。我们必须要去那儿，还要带上格雷厄姆。我和他已经去过一次了。啊，中国的声音，中国的景象，还有充满种种蒙昧气息的迷人的小胡同。"格兰达皱起鼻子，拍着手，"卖的鱼在水槽里来回游着。小孩子们穿着开裆裤在街上四处乱跑，大小便都在大街上。哦，亲爱的，这虽然不是很卫生，但是很省事。我把这些都写进我的日记里了。我们必须找一天去一次，我们三个人。我可以让 P. J. 先生派司机接送我们。"

她把格雷厄姆拖到地板上，搂着他跳起舞来。格雷厄姆大声笑着，格兰达则像一只欢快的小鸟唱了起来："我们将有一次快乐的旅行，我们将有一次快乐的旅行……"

我把格兰达提出的去中国城出游的打算告诉了爸爸妈妈。爸爸说："这些英国人和美国人真是天真。他们认为这儿的一切都离奇有趣。他们应当真正地生活在这里，那样的话他们就会改变看法，并发现这座城市的真实面貌了。"妈妈则说："我想你不应该再上楼去她那儿了。那个英国女人给你脑子里灌满了奇怪的思想和观念。"

一个雨天的下午，我拿了我写的一个小故事去给格兰达看。她大声地朗读我的故事，我听着自己的处女作，快乐得几乎晕了过去。我感觉仿佛有一只大鸟在我的胸膛里扇动着巨大的翅膀，使我一时都喘不过气来了。"你真棒！亲爱的，"格兰达微笑着说，"太好了！你还需要多练习写作，但是你绝对有潜力。"

每个周二，我依然会上楼去格兰达的家中，但是我的心里却矛盾重重。似乎心里有两个人在一起前行，一个要急切地见到格兰达，而另一个则小心翼翼地提防着。快乐与不安一起在我的心里翻涌。

一天，我们都在读书，房间里很安静，只有格雷厄姆偶尔会嘟哝一句什么。忽然，格兰达神经质地用脚轻轻地叩着椅子，椅子上有丝丝缕缕的灰尘飘了起来。

"你们家有几个仆人？"她问道。我已经习惯了她总是出人意料地问问题了。这些问题似乎是从她内心深处的河流中跃出，就像绝妙而又令人吃惊的鱼一连串突然浮出了水面。

72

"两个。"我惊疑不定地等着她继续往下问。

"你了解他们的家庭吗?"格兰达从长沙发的那头爬到我这头,她的眼睛发着光,嘴唇微微张着。我能看到她排列整齐、又白又亮的牙齿。我的脑海里忽然浮现出一个想法,如果格兰达长了胡须的话,会很像一只猫。我这样想着,心里一阵颤抖,忽然觉得很害怕。

"不,我不了解他们的家庭。"

"你应该去了解,亲爱的。你真应该去了解他们,了解他们的希望,他们的恐惧,他们的内心。你有没有发现,你在这里是生活在一个钟形玻璃罩里边? 你的周围有着非常丰富的异域文化,而你却对它们视而不见。我们得想办法做些什么。要不然,你最终会变成那种最糟糕的殖民者,完全冷漠而又自命不凡的殖民者。"

"我不想做任何改变,"我忽然有些生气,心情沉重,"而且我不是殖民者,你才是。我只是想读书。"

"我亲爱的,我们都是殖民者。至于读书,其目的就是要扩大你的眼界。要接受教育,完善自我,拓展自己。我只是想帮你达到这一目标而已。"

"我不想要拓展。这是我的暑假,我只是想多读点书。"

格兰达弓着背,双手伸到身前,对格雷厄姆说:"好了,格雷厄姆,现在我们只好自己去体验那些美妙的事情了。我们楼下的姑娘不想加入我们。我们自己去,然后回来告诉她我们的冒险经历。对吧,格雷米?"

"是的,妈咪,我们会的。"格雷厄姆扑到他的膝盖上说。她开始抚摸他浅黄色的头发,他们相互爱抚着,轻声说着什么。格兰达鲜艳的蓝裙子环绕着格雷厄姆的头,他们用胳膊相互搂抱着。我说了声再见,踮着脚走了出去,可他们都没有理会我。

那天晚上我做了个梦,梦里我变成了一只老鼠,和一只皮毛光滑、长相优美的猫是邻居。那只猫整天盯着我,我很想和猫一起玩耍,但是我每次一靠近她,她就会伸出她的趾掌,要把我压扁。不过我发现她的趾掌上没有尖厉的爪子,于是我慢慢地向那个庞大的动物爬去,试图更靠近一些。这时,猫的大趾掌轻轻地踩到我的头上,我能感觉到趾掌上那柔软的肉垫。很快,我就凑到了猫的身边,坐在她的肚子下面。我能听到她发出的像打雷一样咕噜噜的声音。我仍然没有觉得害怕,反而很得意。但这时,猫的整个身体开始移了过来,压在了我的身上,压得我无法呼吸。我喘不过气来,一下子惊醒了,醒过来时依然气喘吁吁。

星期二转瞬即至又匆匆而过,当我意识到那天是星期二时,我还是在租界里。我没有如格兰达所约与她一起去中国城,倒让我觉得有一点高兴。我跟我的朋友米拉(Mira)大致说了些有关格兰达的故事。米拉说:"你就得继续坚持你自己的想法,你跟一个英国老妇人究竟能有什么共同点呢?那些英国人,他们总是傲慢自大,以为他们是日不落帝国的子民。"我告诉米拉,格兰达并不傲慢自大,只是有些特别。"怎么个特别法?"米拉追着问。"嗯……她把我当一个大人看,问我很多问题。""哦,那我也会问你问题啊。""那怎么能一样,"我说。我对她有点恼火,赶忙换了话题。

当我到家的时候,看到了格兰达的留言。"格雷厄姆和我很想念我们楼下的姑娘。我们今天刚刚收到从伦敦寄来的一桶新饼干和两箱书。"

我飞快地冲上楼去敲门。门里传来格兰达很亲切地回答声,她非常欢迎我的到来。她既没提那张留言,也没提到我的失约。她示意我坐到沙发上,然后指给我茶几上的那桶新饼干。

"格雷厄姆和我已经开始上中文课了。格雷厄姆学得特别好,不过我还是有些困难。那些音调的变化太微妙了,而每一个音调的细微变化都会导致整个词汇的意思完全改变。你发现这些了吗?"

"我几乎不说中文。"

格兰达皱起了眉头。"真的吗?这样一种丰富的语言。你竟然不说中文?为什么?"

"没有这个必要。"我说着,感觉到自己的牙齿紧紧咬着。

"没有必要!"

"是的,没有必要。"我谨慎又有所保留地回答着,而格兰达还在那里喋喋不休地说着。我一直也不知道怎样才能解释清楚我生活在中国的这种不适应的感觉,这种感觉让我感到疲倦,乃至在我可能适应这一切之前就已经睡了过去。

"那么亲爱的,你怎么跟仆人们说话呢?"格兰达的声音依旧很亲切,根本没注意到我说话时的矜持。

"用英语啊。他们懂英语,有的懂俄语。"

"你就像所有的殖民者一样,把你的意愿和语言强加给本地人。你不能这么做,你真的不该这么做。"

我看着格兰达,她靠在沙发背上,眼睛紧闭着,显得很累。

"你问的问题太多了,格兰达,"我的话冲口而出,但马上又因为我这种突然凶巴巴的回答而发抖,"我不知道该怎么回答你的问题。"

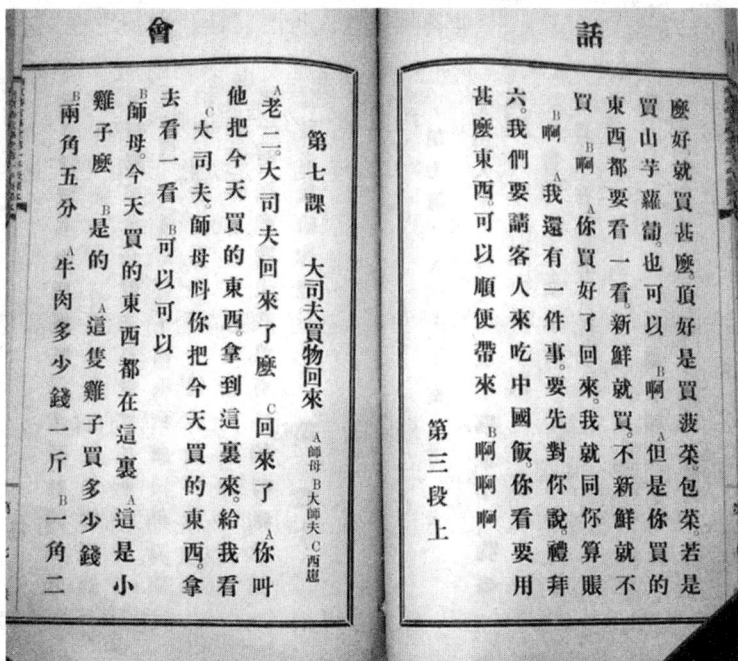

會　話

第三段上

第七課　大司夫買物回來
A師母　B大師夫　C西崽

老二。大司夫回來了麼　C回來了　A你叫他把今天買的東西拿到這裏來給我看　C大司夫師母叫你把今天買的東西拿去看一看　C可以可以　B師母今天買的東西都在這裏　A這是小雞子麼　B是的　A這隻雞子買多少錢一隻　B兩角五分　A牛肉多少錢一斤　B一角二

甚麼東西可以順便帶來　B啊　啊　六。我們要請客人來吃中國飯你看要用甚麼東西　A但是你的買好了回來　B啊　我還有一件事要先對你說拜買山芋蘿蔔也可以　B但是你的東西都要看一看新鮮就買不新鮮就眼麼好就買甚麼　頂好是買菠菜包菜若是

来华外国人学习中文的教材

格兰达依旧闭着眼,没有说话。我不知道是否伤害了她,是不是以后我再也不能到楼上来了。她只是叹了口气,什么都没说,拿起一本书开始读了起来。我也拣起一本离我最近的书,是司各特·菲茨杰拉德(Scott Fitzgerald)的《了不起的盖茨比》，我很快就进入书中，进入黛西卖弄风情的世界。

格兰达摇铃叫来了茶，啜了几口之后，她给了我一个迷人的微笑说："我要款待你一下。我来给你们朗诵几首诗歌。格雷厄姆非常喜欢。这是谢垣(Shie Yuan 的音译)的诗。"她拿起一本又薄又旧的小册子，把脚伸开，像一个听话的小女学生一样把手放在膝盖上，打开书读了起来。我靠在柔软的天鹅绒沙发靠枕上，准备听任这次折磨。让我惊讶的是，格兰达银铃般的嗓音是那么的柔和圆润。她读得很慢，很有热情，每一个词都韵味无穷。

"怎么样，还不是太糟糕，是吧?"格兰达大笑着说。

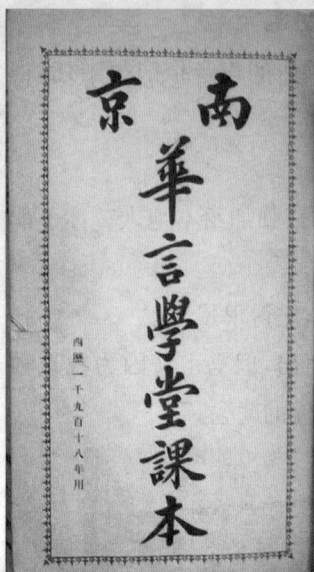

来华外国人学习中文的教材

"确实很好，我很喜欢。"

"看到了吧，新的事物会不断发展，总用老眼光看待事情那就是顽固守旧。"

格雷厄姆跳了起来，开始大声地叫嚷："顽固守旧，顽固守旧。"格兰达也和他一起跳了起来，并唱着"顽固守旧……"

"把这些诗带回家去看看怎么样?"格兰达用那闪亮的眼睛望着我说，并把书往我手里塞。

"不了，谢谢。你读的时候我确实觉得很喜欢，但我还是更喜欢读短篇小说。"

格兰达伸着手举着那本书，停了片刻，好像不知如何是好。我们俩彼此看着对方，就像两个等待开场铃声的拳击手。然后，她把书放到桌上，走到摆放着她收藏的中国瓷像、四周镶着玻璃的瓷器橱旁，拿起一小块布开始擦拭那些瓷器。她背对着我，扭头说了句："下周见"。她迎着光举起一个小瓷像，然后把它贴到脸颊上，慢慢地在脸上来回摩擦着。直到我离开房间，她都没有再回头。

9月下半月，学校开学了，我每个周二都很忙。我总想上楼告诉格兰达我的新的日程安排，但不知怎么我总觉得有些不对。有一次，我在前厅碰见了格兰达和格雷厄姆，他们的脸都挺红润，穿着骑马装。"我和妈妈到乡谊俱乐部骑马去了，"格雷厄姆告诉我说。格兰达礼节性地笑了一下说："下次我们可以一起去。"但是，她的话听上去一点劲都没有，就像唇边溢出的几滴茶水，瞬间滴落不见了。我们约了个时间见面，我还有几本短篇小说要还给她。

到10月的时候，屋顶上飘落的阵阵雪花早早地给城市第一次打上了冬天的印记。有一天早上，我看到搬家工人从楼上搬下来很多家具。格雷厄姆自己在花园里玩"跳房子"，我走过去问他怎么回事。

他说："妈咪的姐姐爱丽丝（Alice）去世了，我们得回家去。"

我很吃惊，格兰达竟然还有一个姐姐。她从来没跟我谈过她的家人，而我也从没问过她在英国的生活。我们关注的焦点总是在我。我心里充满了不安，有一种说不出的混乱的感觉。格兰达走进花园，眼睛哭红了，头发草草地梳了一下，用一根红绳系在脖子后面。

"你知道吗，"她好像自言自语似的说，"我自己打了所有的包裹，刘今天休息，P.J.先生也不在天津。我打电话给领事馆，他们说会派一个人过来帮忙打包包裹，但是没有人来，我只好和格雷厄姆自己收拾这一切。"

"我可以帮忙的，"我说，"你应该叫我的，我很乐意帮忙的。"

"哦，是的，我相信你会。但是我本来或许应该请你的父母帮忙的，可是，我们从来没有正式认识过。"

我跟着格兰达上了楼。房子已经空了，只剩下几个贴着"书"的标签的箱子，还有一个箱子上贴着"瓷器，小心轻放"。我浑身一阵发抖，就好像要面对死亡一样。

"我不知道你还有个姐姐。"我说。

"她叫格温（Gwen）。她病了很多年了。她小的时候就患上了小儿麻痹症，上个月她又感染了肺炎。我母亲给我发了电报，让我和格雷厄姆回去参加葬礼。"

"我很抱歉我们从来没有谈起过你的家庭。"我说。

"你从来都没问起过，"格兰达低垂着双眼说。我感觉到她的话中有一丝讽刺的意味，但又不太肯定。

她让我帮她捆一个箱子。我在她身边弯下腰，抬起箱子的一角，她则把一条粗绳子从下边穿过去，然后在箱子上面很利落地打了个绳结。

"有时候我觉得我问了你太多的问题，而且还是用我惯用的乱七八糟的方式。P. J. 先生总是说我太爱刨根问底。他告诉我要有所保留，不要那么没耐心，要等待时机。可是你要知道，我是威尔士人，不是英国人。我们很容易冲动。我希望我没有让你烦恼。我真的只是好奇而已。我内心里还是一个老师。"

我还没来得及回答她，格雷厄姆就跑上楼来，叫喊着："使馆的人来了，他说我们得马上走。"格兰达站在空屋子中央，一动也不动。格雷厄姆跑到她面前，用力拉着她的手说："马上，妈咪，我们马上就得走。"

"等会儿，格雷厄姆，"格兰达轻声地说着。她伸开双臂，十指张开，踮起脚尖慢慢地在房间里转了几圈。

"我喜欢待在中国，有好多东西可以学习。我永远都不会忘记这次不同寻常的经历，还有你，"她转过身来对我说。然后，她拿起唯一没有装进箱子里的一本书递给了我，是李筱那本薄薄的诗集。

"也许有一天你会喜欢它的。"

我接过那本书，什么也没说。我听到了汽车发动的声音，还有格雷厄姆大声叫着："耶！我们要开始旅行了。"格雷厄姆飞快地跑下楼，钻进那辆正等着她的汽车里。使馆的那个人一直立正站在车门边，直到她坐到了座位上，才利索地关上了车门。

那天晚上，我坐在房间里，翻开了那本诗集。我读了一个小时，在上床睡觉前，我往外望了一下，看到街角那个中国乞丐。这是我非常熟悉的身影。他总是睡在那儿，盖着他的破衣服，身体蜷缩成一团。明天我要跟他说话，明天我要去问他叫什么名字。我这么想。

14. 1941 年 12 月 8 日

阵阵小雪飘落,雪花拍打着二楼我房间的窗户,我醒了过来。12 月清晨的亮光既无生气又很弱,我一点也不想马上起床。我向孔雀图案绸面被子里缩了缩,希望自己能永远躺在里边,就像一头毛茸茸的熊,钻进柔软的窝里冬眠,而不用去上学。可是,一片大雪花落在窗玻璃上,似乎发出了紧急信号:"起床了! 起床了!"

我小心翼翼地伸出脚,踏在冰冷的地板上,慢慢地走到窗前看一下今天怎么样。马路对面是英国使馆,一幢幽暗而又肆意伸展的大楼。我寻找着那面在院子中央的旗杆上飞扬的红白蓝三色的英国国旗。我每天都会透过窗户冲它打个招呼。刮大风的天气,旗子会不停翻滚,随风乱舞,红白蓝三色条纹纠缠在一起。微风轻拂时,它会轻轻地飘动;阴雨天里,它无精打采地垂在旗杆上;夏天的时候,它又成了一面傲慢的、显示荣耀的旗帜,如展翅的雄鹰伸展开来。但是今天我却没有看到它。我像找寻一个最要好的伙伴一样搜寻了许久,渐渐地有些焦虑,心中怅然若失。

它不见了。也许他们把它移到别的地方去了,也许他们为它找到了一个新的,更气派的地点。透过那向下滴着水的,冰冷的窗户,我绝望地继续搜寻着它。我每天上学之前都要先和它打声招呼的。

我的目光努力穿透那冰冻的空气,扫过使馆大院里的每一个角落,可是我只看到空荡荡的一片空地。既没有早晨到处乱跑的狗,也没有忙碌的仆役,连园丁都看不到。往日守卫在大门口、围着头巾、身体健壮的锡克人也不见了。那厚厚的大门平常总是紧闭着,现在却敞开着,两扇大门令人厌烦地来回摆动着,没有汽车进出。那豪华的大楼像是一个疲倦的贵妇不堪积雪的重压,等待着一些事情发生。

我感到空气中弥漫着一种无声的紧张,被纷纷扬扬的飞雪所覆盖。捉摸不定的灾祸就呆在树梢上。紧张的气氛把树上的叶子都碰掉了。一切都静止了。

当然,明天一切都会恢复正常。

这一天是 1941 年的 12 月 8 日。

British Consulate, Tientsin. 　　　天津英国德国领事馆

此明信片上的建筑为英国驻津领事馆

二、占 领

1. 大人们的争论

第一个人:我想和诸位说,先生们,我们应该接受葡萄牙的建议。他们为我们提供证件,看在上帝的份上,接受了吧!我们现在的身份证已经没有用了。诸位都同意吗?

父亲:但我们这样做会惹恼日本人。如果我们不表态,日本人就会认为我们是站在他们一边的。

第一个人:咱们犹太人的全部麻烦就在这里。总是企图弄清楚别人想要怎样,想要讨好他们。我想,我们拿到真正的护照,就会好过得多。日本人也会更尊重咱们。

父亲:可那是要花钱的,不少呢!我听说葡萄牙人一本护照至少要价8万元呢!

第一个人:有不花钱的东西吗?当然要花钱。但我们能拿到正式的证件,而不是写着"无国籍"的小卡片。

第二个人:我觉得咱们应该问问哈宁。

第一个人:施玛宁·哈宁(Shmanin Hanin)?他现在不在这儿。咱们就不能自己拿主意吗?

父亲:应该找哈宁商量一下。他了解现在的局势,他知道如何判断。

第一个人:先生们,形势告诉我,如果我们不采取行动,就会引起大麻烦,我们就会不断陷入困境。

第二个人:我听说古雷维奇已经买了一本葡萄牙护照。他说自己叫古雷维奇·佩雷拉(Gurevich Pereira)。

(大家都笑了。)

第三个人：依我说，玫瑰就是玫瑰，犹太人就是犹太人，不管他有什么。没有人会认为古雷维奇是葡萄牙人。

第一个人：先生们！先生们！谁也没想糊弄谁。我只想说我们需要真正的证件。付出些代价，葡萄牙大使馆会给我们公民身份和保护。现在，我们不能在这一点上达成一致吗？

第二个人：我还是觉得咱们应该和哈宁商量商量。等下次开会时再说吧。

第一个人：(失控地)够了！我要辞职！商量，商量，还要商量！

父亲：马上！马上！事情会解决的。

我和妈妈的临时旅行证

2. 深夜到来的日本兵

崔是我们一起新雇用的厨师，他不但能用烂菜和生了虫子的面粉不可思议地做成美食，而且一直把地板擦得光亮，铜的球形门把手也擦得锃亮，如果你弯下腰靠近它，甚至能照出你的人影来。我们也一起居住在圣路易路12号的一套公寓里。我们一家人和弗莱施曼(Fleishman)一家人就挤在

82

这本来只能住下一家人的空间里。那是 1941 年的冬天,日本入侵中国,天津的住房很紧张,而且煤炭更是奇缺,所以我们都要烧用那些沾上了牛马粪的小煤球,崔把这些煤球都放在炉子旁边一个硕大的铁煤箱里。美国学校也关闭了,所以我与弗莱施曼家的女孩儿们一起去天津犹太学校上课。

每到月底,妈妈和弗莱施曼太太都会坐在餐桌旁,把提花桌布卷到一边,让崔泡一壶茶,然后开始结算当个月的账单。总能听到她们低声唠叨着:"煤,两千元","我上周花了三千元买面粉,那里头的虫子足能装满两顶帽子","昨天蜂蜜打折,我赶紧多买了些"。每个月的月底还有一项例行公事,就是她们会叫崔过去,付给他工钱。

我喜欢崔,很佩服他两手稳稳端着盘子,用脚轻轻一拨就能灵巧地把门关上。崔个头很高,头全秃了。他还是我们封窗户的高手。我们接到日本占领军的命令,要我们把窗户都用胶带封上,拉上窗帘防止透光,以避免遭受美国的空袭。崔常常让我帮他把报纸裁成条,在面粉和水调成的浆糊里蘸一下,然后把它们十字交叉贴在玻璃窗上。这样做的窍门是防止报纸条彼此粘到一起或者浆糊变干,那样的话这些报纸条就都用不上了。干这个活需要灵巧,我总是笨手笨脚的,不过崔总是很耐心地教我。

我经常梦到空袭,梦见许许多多的窗玻璃碎片像冰柱一样挂在封条上,风穿过破碎的玻璃窗呼呼地吹进来。有一天,我又梦见新鲜的热带水果,菠萝、香蕉、柑橘等,吊在封条上。每天早晨一起床,我都会去检查窗户上的那些封条是否还在。

"你不要老跟在崔的屁股后边转,"妈妈跟我说,"他有他的活要干,你有你要做的事。别总往楼下跑。你应该待在楼上,这才是你该待的地方。"

妈妈这个"地方"的说法让我很是困惑。"为什么崔可以经常上楼到我的地方来,而我却不能去到他的地方呢?""事情就是这样的,"爸爸妈妈这样用亲切的口吻和很随意的方式告诉我的话,意味着这些老生常谈显然是认真的,也是有争议的。然后,妈妈会皱皱鼻子,爸爸则闭上眼睛,这就意味着谈话结束了。

一天傍晚,我听到弗莱施曼一家正准备出去散步,他们大声争论着应该从哪儿走。最后,我听到弗莱施曼先生吼道:"我们沿着河坝道①一直走到维多利亚花园,就这样了。"然后,争论停止了,我听到他们一家人嗒嗒的脚步声,看到他们排成一行匆匆走出去了。崔过来收拾餐具,把餐桌折叠了起来。我们在卧室里用餐,卧室是我们家唯一生火取暖的房间。我们冬天需要用到的东西全放在这间屋子里,连大钢琴也不例外。妈妈总是担心钢琴离大肚子取暖炉太近了。"这会把钢琴的声音破坏的",她来回琢磨着这件事。

晚饭后,我开始练习肖邦的《一分钟圆舞曲》,想练练看我能弹得有多快。这段时间,我已经能在三分钟之内弹完它了。我想象着下一节钢琴课上能看到老师的脸上露出满意的表情。当我气喘吁吁地弹完这首圆舞曲之后,又换了一首,开始演奏贝多芬的《悲怆奏鸣曲》第一乐章。沉重的音符纷纷落下,好像大雪落在那嗞嗞作响的炽热的煤球上。阵阵狂风敲打着窗户,崔进来查看黑色天鹅绒窗帘是否漏光。他用一个安全别针把窗帘上的一条缝别上,然后就出去了。

忽然,从大门那儿传来了敲门声。我的手指僵在了琴键中央。我的脚猛地踩在了踏板上,房间里一下子响起了 D 小调和弦的琴声。

"把你的脚从踏板上拿下来,"爸爸有些恐惧地低声呵斥我。

"会是谁呢?"正在织着毛线活的妈妈抬起头来说。敲门声一直不停。有人在狠狠地砸门,还用日语厉声吼叫着。妈妈的编针发出"噼噼啪啪"碰撞的声音,她织得越来越快了。爸爸随意地拿起一份报纸读了起来,我看到他把报纸拿倒了。

"我们要去开门么?"爸爸故作镇静地说道,"可能是来检查窗户的日本巡逻兵。不过你也知道的,崔在这方面很在行,肯定会把一切都处理好。不用担心。"

"也许是巡逻兵太冷了,想进来取一下暖呢。"妈妈满怀希望地说。

"也许我们应该安静下来,装作没有人在家。上周有一个巡逻兵去戈尔

---

① 今台儿庄路。

曼家,指责他家的窗帘漏光。他们家人不得不在第二天去警察局等上好几个小时等人训话。"

"那他们的配给证有没有被没收呢?"我问道。那是我能想到的最糟糕的事了。

"没有。但是他们肯定拿这个威胁他们了。你永远都不会知道那时他们会找点什么茬整你。戈尔曼太太吓得好几天都没敢出门。有时候,被他们带去问话的人就再也没回来。再也没回来。"

爸爸妈妈叹了口气,蒙上了眼,似乎他们看到了我看不到的情景。他们就那样僵在那片我理解不了的情景里。

"威利(Willie)的爸爸就是这样不见的吗? 在警察局问话之后?"

"你怎么知道的?"

"学校里的孩子们说的。而且,我看到威利在课间休息时在哭呢。"

"不要想这些,把他们都忘了。这年月你知道的越少越好,只要专心于你的学习就好。"

砸门的声音越来越响,我能听到金属撞击我们家木门的声音。有人正拼命地拉拽那球形的门把手,感觉就像是从牙床上拔一颗发炎的牙一样。那个球形门把手是崔的得意之物,我不知道崔看到他们这样糟蹋他如此喜爱的东西会是怎样的感觉。

"我们得让他们进来。他们好像没有打算离开的意思。"

"弹点什么曲子,"妈妈轻声说,"我们要装作和平常的晚上一样。"

"我要弹什么啊?"我问道。

"什么都行,什么都可以。嗯,舒伯特的《即兴曲》怎么样? 这个曲子应该可以让他们平静一点。"

"他们根本不懂欧洲音乐。这真是个蠢主意。"爸爸的声音由于紧张变得有些尖厉。

但是妈妈坚持让我弹琴。

"我们去开门,你一直弹就是了。"

我开始弹《即兴曲》。我听到身后椅子拖动的声音,知道爸爸妈妈正在离开房间。我直直地盯着前方，手指机械地按着琴键。我感觉手又肿又胀，像是被什么虫子叮咬过一样，曾因乳突炎动过手术的左耳一阵耳鸣。我想要跳起来跟父母一起去。我想告诉他们不要去警察局，我想要他们回来，不要去接受他们的问话。我已经弹到了《即兴曲》的第二乐章，但是爸爸妈妈还没有回来。眼泪流进了我的喉咙，咸咸的，堵在那里让我憋得喘不过气来。

砰！咣！大门被猛地推开了。我听到两个粗犷的声音，还有靴子嘎吱嘎吱踏在木地板上的声音。天哪！我想，有两个巡逻兵，不止一个。爸爸妈妈低声温和地跟他们说着话。不管怎样，爸爸妈妈还在，他们没有消失，我心里感到一阵轻松。

终于，我们的房门被撞开了，两个日本兵站在了我的面前，爸爸妈妈恭顺地站在他们的身后。爸爸苍白无力地冲我笑了笑，耸了耸肩，似乎在跟我说很快都会过去的。那两个日本兵端着步枪，穿着毛皮靴子的双脚来回搓弄着。接着，他们俩走到炉子边，开始烤手，他们脱下又脏又破的皮手套，十指张开烤起火来。

"我和你们说过的，他们只是太冷了。"妈妈用让人放心的声音说着。

"而且他们都很年轻。"爸爸插了一句。

"也许我们应该给他们泡点茶喝。"妈妈这么说，但是我们谁都没有动，只是不安地站在炉子旁。

个子高一点的士兵先离开了炉子走到窗户边。他仔细地检查了窗帘，看上边有没有小洞或者布料被磨破。他像在阅兵场上一样趾高气扬地走来走去，前进，前进，只是没有喊出来。我站在钢琴边上，手不小心落在钢琴键上，钢琴发出的声音就像被屠宰的猪发出的尖叫，一下子打破了平静。高个儿士兵停了下来，用手猛地指着天花板，大嗓门发出了粗嘎的尖叫声。他一直站在那儿指着上面喊叫着，我们终于明白他是要检查窗户的上面，但是窗户太高他够不着。他是要仔细地检查。爸爸赶紧给他搬来一把椅子，他迅速地跳到椅子上。他开始用步枪戳了戳窗帘，然后把别住窗帘的安全别针都取了下来，开始检查窗户上的封条。我屏住了呼吸，因为我知道，他一拉开窗帘就会看到一些干了的封条勉强地挂在窗玻璃上。显然他也看到了那些快要脱落的封条。他跳下椅子冲到爸爸面前,揪住他的衬衫把他推到那惹麻烦的窗户前。他把爸爸的脸摁到窗玻璃上,用他的步枪指着那些干了的封条,然后扯下一条扔在了地上。

他嘴里叽里咕噜地发出了一长串无法听懂的声音,一把推开了爸爸,手里却攥着从爸爸的衬衣上撕扯下来的一条布。他盯着手里的那条布看了一会儿,像掐着一条毒蛇一样用拇指和食指掐着,然后怒气冲冲地把它扔进了火红的炉子里。煤球烧得噼噼作响,燃起了一股火苗。我屏住呼吸,感觉到闷在心里的怒火越来越大,就要在胸膛爆发。我瞪着那个高个儿士兵,他正盯着他的鞋子,耷拉着身子,好像累坏了。房间里一时静了下来,我们就这样等着,不知道接下来会发生什么。他抬起头看着我们就像一群吓得发抖的动物挤在一起。我们的这个样子大概激怒了他,他又重新开始了一通激烈的说教。一串串的日语从他的嘴里喷了出来,他说得太激烈了以至于唾沫星四溅,有些落到了他沾满灰尘的衣领纽扣上。

另外一个士兵一直站在炉子旁,用那根又长又细的拨火棍拨着火,根本不注意他的同伴在干什么——显然他的同伴是指挥者。他看上去很开心,双手伸开享受着那温暖的炉火。他扭动着手指,面带微笑。我觉得他有些面熟,直到他摘下他那带帽檐的军帽抬头看我的时候,我才发现以前确实见过他。

那是一个礼拜前,我去公园散步。合欢树和白桦树都是光秃秃的,树的枝条如同忧郁的黑色花边镶嵌在十一月灰色的天空里。我觉得很无聊,很烦躁。正打算回家,却听到一个小孩的哭声。哭声来自离我不远的一架秋千上,我看到一个穿得严严实实的小孩正努力自己荡秋千却荡不起来。尽管我已经被警告过不要和"侵略军的孩子"一起玩,但是不管怎样我还是决定去帮那个小孩儿推一下秋千。我知道我要违反一条规则,但是那些日子我的心中正燃起一股小小的叛逆之火。而且我也深知坐在秋千上却荡不起来的那种深深的沮丧感。我走向那个小孩儿,站到她身后,推了她一下。她高兴地咯咯笑了起来。我推得越用力她笑得越开心。接着,我也上了秋千

日本兵在租界检查外国人

坐到她的旁边。我们俩一同荡起秋千,越荡越高,荡过了大树,荡过了房顶,荡上了那灰色的天空。我们忘了一切,高兴得大声尖叫着。

一个男人走了过来看着我们。他和那个小孩儿说了几句话。我们继续荡秋千,现在我们俩站到秋千板上,弯起膝盖用力蹬,使得秋千获得的力量更大了。绳子把我的手都擦伤了。那个男人只是安静地看着我们。当我们最终停下来时,小孩儿马上奔向那个男人——我猜那是她的爸爸——拉着他的手。他拿出一副手套放在她手上。我们尴尬地站在那儿,仿佛在等待着发生点什么。我不会说日语,显然他们也不会说英语。那个男人摘下帽子,将帽子拿在手上,放在身前。我忽然想起我带了我的勃朗尼相机,我拿出相机要给小孩儿和她的父亲拍照。他们微笑了一下,自顾自地摆起姿势来。一开始,他们并肩坐在长椅上,然后他们又都站了起来,最后那个男人坐到长椅上,小女孩站在他的身后。这样的一个姿势似乎让他们很满意。他们都没有笑。我一按快门,他们突然都一下子笑了起来。"谢谢。"我说道。他们一起朝我鞠了个躬,然后就走了。

照片洗出来之后,爸爸妈妈提醒我说,我不应该跟日本小孩玩。"谁知道会发生什么事?而且你还给他们拍照片!他们会拿这个来对付我们,"爸爸说。

"他们怎么能那么做?"

这话让爸爸很恼火,"他们会说你企图靠近他们。"

"这有什么错吗?"

"这会让他们以为你想从他们那儿得到什么特别的好处。"

"那又有什么错?"我知道我在顶撞爸爸,但是我只是不能理解给一个小孩和她的爸爸拍张照片会给我带来什么伤害。

"他们是侵略者,而我们是被侵略的。我们之间不应该有友好交往的,要不就混乱了。世间的事就是这样。"

尽管他们让我把照片毁了,但我还是偷偷地把它藏在我的抽屉里,放在我的睡衣下边。现在,站在炉边的那个士兵正朝我微笑,那是很浅的一个微笑,似乎他不想让他的同伴发觉,他的那个同伴还在来回检查着,咆哮着。我冲到我的抽屉前,拿出了那张照片,不服地看了看爸爸妈妈,把照片塞到了炉边那个士兵的手里。

那个日本兵看着那张照片,咧着嘴笑了。他指了指那张照片,又指了指我,然后大笑起来,那真是开怀大笑,忍不住地大笑。他走到他的同伴跟前,给他看那张照片。他的同伴怒冲冲地看了一眼,并没有笑。他的同伴和他说了几句话,仿佛是厉声指责他,然后他把目光转向别处,继续在房间里来回踱步。

爸爸妈妈都坐了下来,他们看上去精疲力竭,显得很老。我期待着爸爸能说些什么,什么都行。但是他只是闭着眼睛坐在那儿,一只手抓着衬衫被撕破的地方,揉搓着,似乎要把它们再粘起来似的。

那个日本兵还在继续欣赏着照片。然后,他在衣服口袋里掏了一会儿,掏出来一个旧钱包。他翻了翻钱包,最后拿出一张褪了色的从报纸上剪下来的图片,递到我的手上。我勉强能分辨出图片上的人像,看上去好像是一家人，爸爸妈妈和两个孩子，他们从照片上用严厉的目光瞪着我。从他们的衣着看，那应该是一个很富有的家庭。我把图片递给了爸爸。

"我想可能是天皇一家吧。颜色褪得太厉害了，我也确实看不清了。这也许是从一份日本报纸上剪下来的吧。"

我把图片递还给那个日本兵，但是他推开我的手，拒绝再拿回去。

"我想他是要把这张图片送给你，要你保留着它。因为你把拍的照片给了他。"

"你认为我应该收下吗？不是说不能友好交往什么的吗?"我说道，我意识到我是在跟爸爸抬杠，我在挑战他。这感觉很好，但是又让我觉得有些伤心。

"我知道我那么说过。可是在这种情况下……我想你得收下这图片，要不然会惹怒他的。"

我看了看那个日本兵，他正冲我笑着。我拿过来那张剪报，放进了我的抽屉里。

"Sank you，Sank you，"他指着我给他的照片，用生硬的英语说着谢谢。

我试图想出一句日语来回应他，但是我能想到的只有"sodes－ne"(没什么)，这是我所知道的为数不多的几句日语之一。我们相互重复着这两句话。他鞠躬，我也鞠躬。

他的同伴显然对我们这样的"友善"感到厌烦了，朝他低声说了句什么，他们俩又交谈了几句。突然，我的朋友(我开始把他当作一个朋友了)严肃地看着我，挺直了身子。他把拨火棍放到炉子旁边，戴上手套，把帽子紧紧地扣到头上并拉了拉帽檐。他冲爸爸妈妈大声说了几句，然后蓦地脚后跟一转，大步走出了房间，他的同伴也紧随其后。他们的靴子重重地踏在走廊上，咔，咔，一直走到大门口。他们用力地砰的一下关上了大门，房间架子上的茶杯都震得咯咯响。

妈妈说："好了，很高兴这一切都结束了。"她紧紧地抓着椅子的扶手，慢慢地站了起来，就像是第一次站立一样。爸爸瘫坐在椅子里，待了好几分钟，才慢慢起身走到窗边。他依然抓着他衬衫上的破洞，肩膀像活塞一样慢慢上下抽动着。他是在哭,还是在叹气?

崔走了进来,好像什么都没发生一样,继续收拾剩下的餐具。爸爸从窗户边转过身来说,他要出去散散步让脑子清醒一下。我要求跟他一块去。

"你该睡觉了。"他先是这么说,然后又改变了主意,"好吧,今天是你使我们转危为安的,一起去吧。如果你没在公园碰到那个日本兵的话,谁知道会发生什么事情? 谁知道?"

当我和爸爸一起走出房间,穿过楼道时,听到弗莱施曼一家回到家里的声音。我心里感到非常骄傲。

"总有一天这一切都会结束的,"爸爸说着帮我把厚厚的红围巾围到脖子上,又给了我一个拥抱。我们走进电梯,按了下行键。装饰华丽的电梯笼子轻快地向楼下滑去。

3. 萨米(Sammy)

"为什么你总是在手套上系一根绳?"萨米比我大一岁,总是用嘲笑的口吻跟我说话。他拿起一只手套,抓着系在上面的绳子,绕在我的脖子上。我抬起头,望着他浓密的眉毛下那双深邃的黑眼睛。

"因为我妈妈说这样才不会把它们弄丢。"我回答道。萨米松开绳子,仰面大笑。他的身体倚靠在天津犹太学校的栅栏上,栅栏本来就摇摇晃晃的,现在更因为他倚在上面而剧烈地晃动起来。

"你是不是永远都要妈妈说什么就做什么? 我敢说,即使到战争结束时,你还是会戴着系着绳的手套。你会戴着你这愚蠢的手套,听着你妈妈的话,而我则在巴勒斯坦为我们的新国家而战斗。等着瞧吧,我要离开这个疯狂的地方,谁也拦不住我。"

萨米总说要去巴勒斯坦。"你究竟有什么方法能离开这儿? 你要知道,现在正在打仗。而且,我们这儿已经被日本人侵占,你不会忘了吧?"

萨米一脸神秘地看着我说:"我会找到办法的,你等着瞧吧。"

"别说疯话了。"我说道。

"我没疯，是这个地方疯了。我要离开这里。"

"怎么走？"

萨米看了一下周围的校园，低下头对着我小声说："首先我要去上海，然后去意大利，那里会有地下组织帮我偷渡到巴勒斯坦。"

"萨米，他们要一个十五岁的小孩儿干嘛？"

"他们需要我们去打仗，去为犹太人创建自己的国家。你就是个笨丫头，什么也不懂。"

我的犹太学校学生证

我俩站在那里，彼此瞪着对方。学生们在狭小的校园里跑来跑去。这是寒冷的 11 月的一天——中国漫长冬季的开端——每个人都戴上了耳罩和厚手套。萨米却像往常一样，穿着一件棕色开领衬衣，一条围巾随意地挂在脖子上，像是对寒冷天气的挑战。他从来也不感冒，我心里这样想着。他为什么不能和别人一样呢？我用眼角的余光看到博奇(Bozie)在拉扯娜奥米(Naomi)又粗又长的辫子。娜奥米体态丰满，爱卖弄风情。我能听到她因为博奇搜她的头发而高兴得尖叫。在她旁边，米拉和莉莉(Lily)这两位学校里的时尚达人，静静地站在那里，等待着今天的第一次铃声。她们两人身上穿着款式一样的皮大衣,在早晨柔弱的阳光下闪闪发光,头上戴着漂亮的羊羔皮帽子镶着貂皮边。她们是在炫耀,我心里想。她们在看着萨米,我可以看出来他的身体绷得紧了。他把头发往后一捋,漫不经心地拍了拍我的肩膀,然后深深吸了一口气,随意地向那些女孩们走去。当他走近她们的时候,我可以听到她们大声地笑了起来。

我想,我讨厌这个地方,我讨厌中国。这里既无聊又令人沮丧,什么事情也不会发生在我身上。爸爸妈妈怎么会从俄国逃到这个地方来了? 这场战争会无休止地进行下去,我将被困在这儿。而萨米会离开这里,他会把我丢下不管。

我看着他跟莉莉和米拉调情。他解下围巾,把它像套马的套索一样举在头上摇晃着。我听到莉莉她们发出的尖叫声,"你不冷吗,萨米? 你怎么不穿外套就出来了?"萨米在她们面前趾高气扬地走着。他怎么就不能正常点呢? 我心里想。有一次,我听见萨米的妈妈也这样问我妈妈。而我妈妈说,这是因为萨米参加了犹太复国主义青年团,受到组织的领导者巴申斯基(Barchensky)先生影响的缘故。当时,萨米的妈妈盯着我妈妈看了很久,然后用粗哑的嗓音说道:"那个巴申斯基肯定是没有儿子。要不然,他也不会向萨米的脑子里灌输那些想法,什么要去打仗,逃往巴勒斯坦等等。他就是个恶魔,那个巴申斯基。"

上课的铃声响了,我急忙向那所低矮的砖房跑了过去,我们每周都要在那儿集合,很快就有许多同学跑往同一个地方。我回头看了看萨米,他还在跟莉莉和米拉聊着。我冲他大声喊道:"快点,要不你就迟到了。"他转过头来瞪了我一眼。我想,他应该是生我的气了。为什么我总是让他生气呢? "来啊,"我说,"快点。你要知道如果我们迟到了,奈泽(Nizer)先生会很生气的,尤其还是在藤本(Fujimoto)先生来巡视的时候迟到。"萨米开始朝砖房跑了过来,走过我身边的时候,他还生气地低声冲我说:"宝贝儿,胆小鬼,就知道循规蹈矩。"

所有的同学都跑到会议室坐在了指定的位置。五个年级的学生从前往后依次排开。我和萨米坐在最后两排,米拉和莉莉想方设法坐到了萨米的两边。我听到她们发出咯咯的笑声。奈泽先生焦躁不安地在走道中间走来走去，嘴里不断地恳求我们："安静点，孩子们。一定要按照藤本先生要求你们的去做，求你们了。"

当藤本先生趾高气扬地走到会议室前面的讲台时，屋内嘈杂的声音停了下来。藤本先生的工作就是定期来天津犹太学校视察，每个月一次，每次来都是坐着一辆黑色的豪华轿车，博罗特金(Borotkin)校长和奈泽老师负责接待他。我们的学校全仰仗他才能继续运转，每次他都向我们灌输要效忠天皇和日本的思想。每个月到这个时候，常常会从博罗特金校长的办公室里传出很大、很刺耳的声音，我就觉得我们的生死存亡就在一线之间。

藤本先生身体矮小结实，总是穿着一身卡其布制服，头上戴着绿色帽檐的帽子，帽檐压得很低，手里拿着一根警棍，还一直用警棍拍打着他的腿。他大步走上讲台，我都能听到警棍和裤子摩擦发出有节奏的嚓嚓的声响。博罗特金校长背着手，低着头跟在藤本先生背后。我回头看了看萨米，他一只胳膊环绕着莉莉的肩，另一边搂着米拉，她们俩则咧着嘴在笑。萨米冲我眨了眨眼睛，我赶紧转过头往前看。

藤本先生站在讲台上，来回踱着步，一言不发。博罗特金校长坐在桌子旁边一声不吭，脑袋靠在抱拢的双手上。奈泽先生也停住了脚步，靠墙站着。藤本先生依旧大步走来走去，用警棍拍打着他的腿。忽然，他在讲台中央停了下来，盯着会场上的人们。接着，他像一个被一只无形的手操控着的提线木偶一样，猛地转过身去，面朝东方，举起双手，十指张开，大声喊叫着："天皇万岁！天皇万岁！"所有的学生都学着他的样子跳起身来，一下子都面向东方，高举双手，大声叫着："天皇万岁！天皇万岁！"站在最前边的低年级小孩们叫得声音最大，他们稚嫩的嗓音响亮而又清晰。站在中间的孩子们热情就没有那么高，奈泽先生低声对他们说着："大点声，再大点声。"

而站在最后两排的我们也都跳了起来，不过我们是按着萨米的指示做。他大声喊叫着"蹲下"，我们就整排蹲下身。萨米喊着："耶路撒冷！耶路撒冷！"我们也跟着他喊："耶路撒冷！耶路撒冷！"我和娜奥米手牵着手，情绪非常激动地咯咯笑着，她尖尖的指甲扎进了我的掌心里。我听到萨米在我身后呼喊着："明年，耶路撒冷！"我们也不停地喊："明年，耶路撒冷！"我们的叫喊声和前面"天皇万岁！天皇万岁！"的叫喊声混在了一起。奈泽先生冲到萨米面前，紧咬着牙低声冲他说："照着大家做，你这样会给我们带来麻烦的。"我听到萨米回了他一句："打倒天皇！"然后，我看到奈泽先生紧攥着拳头，朝天翻着白眼。

一直面向东方的藤本先生这时转过身来，两手放了下来，眼睛盯着我们大家。我正在想他会不会像每个月那样在"仪式"结束之后冲我们说些什么，但是这一天如开始时一样，他什么都没说就走下讲台，从中间的走道大步向门口走去。我觉得他在萨米的面前停了一下，我的心狂跳了起来。他要做什么？我想着，转过头去看萨米，他冲我眨了眨眼睛。藤本先生接着往前走，奈泽先生跟了过去。门被关上了，但我能听到门外的声音。我听不清他们在说什么，但是我能听到奈泽先生在低声下气地恳求着，还有藤本先生刺耳又粗暴的嗓音。博罗特金校长从座位上缓缓地站起身，用疲惫而又和蔼的声音跟我们说了说下周学校足球比赛的事，然后我们就解散了。

上课的铃声响了起来，我们都向外跑，冲往主楼。在这寒冷的早晨，我们每一呼吸都会喷出一股白雾。我们都在各自的座位上坐下来之后，奈泽先生走了进来宣布说，我们要进行一次三角学的小测验。"现在，拿出你们的笔和纸。"从他的声音能听得出来，他很生气。三角学是我最讨厌的科目。我绝望地看着萨米，他是我们班三角学的天才。通常在我们提前知道要考试的时候，坐在我前边的萨米都会把身子往右挪一下，好让我看到他的试卷，抄到答案。可是今天我们没有事先商量，我不知道萨米会不会记得把试卷往边上移一移让我抄。要不然的话，我肯定会很悲惨地考到不及格了。

我身体往前倾了一下，小声跟萨米说："记得给我看你的卷子啊。"

萨米微微地回了下头，嘲弄地说："我不确定会不会把我的答案给一个把手套用绳子绕在脖子上的小孩儿看。"我的心沉了下去。奈泽先生站在教室的最后边，但是他随时都可能走上前来，听到我们交头接耳的声音。

"求你了，萨米，别在这会儿和我争论。"

"如果你把手套上的绳子剪掉，我就会让你看答案。我不会帮小孩子的。"

他那黑色的眼睛盯着我，微微卷曲的头发垂落在前额上。我爱他，我想，我真的爱他。不是以一种小孩子的方式，而是以一种大人的方式。我想亲吻他，想抚摸他的头发。

"我会剪掉那根绳子的，我保证。"

"现在就剪，"他坚持说，"你现在就得把它剪掉。"

"用什么剪啊?"

"拿我的折叠刀。"他把他的童子军小刀递给了我。

"行，行，"我边说着边割断了那根绳子，心里想着妈妈会怎么说我，我又该怎样跟她解释。

"好女孩儿，"萨米温柔而又小声地说道，并撅起双唇做了个亲吻的样子。

4. 棕色，我的贝塔①制服颜色

棕色是泥土的颜色，也是树和各种植物根的颜色。把红色和绿色混在一起就能生成棕色。当你张嘴大声地念"棕色"(brown)这个词时，你会发现它的发音充满了整个嘴。棕色也是我的贝塔制服的颜色。制服是费尔德曼夫人缝制的，料子很结实但很粗糙。费尔德曼夫人住在狄更生道上，她在俄国时也曾是个娇生惯养的小姐，现在她是个女裁缝，嘴里叼满了别针，跪在地上围着我转来转去。我们棕色的帽子潇洒地歪戴着，当男生女生们走在一起时，我们看上去就像一片纯棕色的海洋，而不仅仅是许多制服聚在了一起。我们通常是在校园里离我们的教室不远的一栋长长的、空荡荡的楼里集合。集合的目的是向我们灌输犹太复国主义思想，为我们构建一个梦，把约旦河西岸变成一个犹太人国家，永远结束犹太人的离散。"纪律是贝塔的

---

① 贝塔(Betar)是"特鲁姆佩尔尔道联盟"的缩写，原是纪念早期犹太军事指挥官特鲁姆佩尔道的团体，后发展为世界各地锡安主义修正派的青年组织，主要致力于组织文体活动和军事训练。20世纪二三十年代，哈尔滨、上海和天津也相继成立了"贝塔"组织。

1948 年犹太人在犹太会堂聚会,庆祝以色列建国

基石,"我听见讲坛上一个攥着拳头的男人这么说着。他踮着脚尖站在那儿,好让他那矮小结实的身体显得高一点。在这遥远的中国,他肆意炫耀着那尚不存在的建国之梦。我的思绪开始漫游,我望向窗外,我没有看到遥远

辽阔的沙漠，也没有看到快乐的、晒得黝黑的以色列聚居区的居民，我只看到了叶子已经落光的、光秃秃的褐色树干，还有在 11 月寒冷的天气中随风飘舞的树叶。我想象着在会议厅举行的每季度一次的贝塔舞会，想象着贝塔制服紧贴在我那似乎永远也发育不成熟的身体上的样子。我想，这次如果我把黑色皮腰带束紧一些，深吸着点儿肚子，再用点儿妈妈的古龙香水的话，也会有人邀请我跳舞。在刚刚清扫过不久的地板上，在那些不够幸运的女孩们面前翩翩起舞，而那些女孩只能茫然地看着前面，充满渴望，涂着淡淡口红的嘴上勉强露出僵硬的微笑。也许，在下次的舞会上，由于穿着紧身制服而显得稳健的犹太复国主义者们，会创造出一番美丽的场景——丰富多彩，充满刺激，那种深棕色的美。

5. 红色和黄色

走在大街上，我忽然意识到中国很危险。她轻轻地在我和周围的世界之间挂了一层薄纱，可是我怎么能听不到外边理发匠的摇铃声、街上人力车夫轻快的脚步声和他们吃力的呼吸声？我怎么能闻不到那浓烈的大蒜味？怎么能看不到那些裹着破衣烂衫死去的乞丐？我又怎么能视而不见铁丝网路障旁列队巡逻的日本兵，以及曾经的美国使馆的屋顶上飘扬着日本国旗呢？

作为一个女孩，我还有其他的梦想，比如说我们班新来的那个男孩约瑟夫(Joseph)。他之所以吸引我，是因为有一次他把我的辫子放进一个墨水瓶里，然后咧着嘴冲我笑。这就是爱情吗？是爱吗？是吗？我这样想着。在我前一晚写下的日记里，我给他取了个代号叫 27。我给所有我喜欢的人都取了一个数字代码，这些代码不是按顺序排的，而是随意取的。我的日记就像一个间谍的笔记本，都是一些代码，充满了暧昧之词，用词绕来绕去的，还有一些暗示之语。总之，没有多少是真实的。

一天早晨，我正向学校走去，感觉嘴里有一种奇怪的果味，好像有一团湿湿的，不知是什么的东西从我的身体流了出来。通常这个时间，学生们都会慢慢地走进校园，一副还没有睡醒的样子。男孩子们会无精打采地互相机械地对一下拳头，女孩子们则像蔫了的花朵，温柔地掩藏着自己的光彩。

但是今天，当我离学校越来越近的时候，却听到一阵低低的嗡嗡声，就像成群的蚊子在飞舞。"天哪！"约瑟夫就像一头愤怒的公马，正张牙舞爪地指着墙上写的什么东西。但是，我看不清楚上边写的是什么。我越靠近，那嗡嗡声越大。女孩子们都情绪低落地彼此靠在一起，好像被某种神秘的疾病给击垮了。她们就像灾难中下沉的柱子一样，互相倚靠着。我觉得喉咙里有一种莫名其妙的发痒的感觉。

那嗡嗡声现在更像是持续不断的低声抱怨，不时还夹杂着男孩子们挑衅式的喊叫。

"我们去找他们。"

"他们不能这样对我们，竟然在我们的墙上写这些。"

"当心点！约瑟夫，当心点！"这是一个细声细气的女孩子的声音。

"我们走，约瑟夫。"一个嗓音粗哑的男生喊叫着。

"有谁看到了他们吗？"人们七嘴八舌嚷嚷道，"他们怎么敢这么做？"

"我看到了，我知道是哪些人干的。"

在女孩子们一片抱怨声中，罗莎（Rosa）的声音一时显得格外突出。人们涌到她的周围，急不可待地听她讲些什么，就像要从蜂王那里吮吸蜂蜜。我心中掠过一丝嫉妒，为什么她总是能成为大家关注的焦点呢？为什么她会突然长那么高呢？圣女贞德、特洛伊的海伦、克娄巴特拉，还是冲向街垒的女人。直到走近了，我才发现，原来她站在一个凳子上。

"他们是俄国学校的。我认识其中一个人，叫瓦西里・蒂奥姆金（Vassily Tiomkin）。"罗莎十分肯定地说。

"其他人呢？"

"我不认识了。可是，只要我们找到了瓦西里，就能找到其他人。他们一伙人是一起跑走的。"

"那我们还等什么？"约瑟夫附和着罗莎说，并以充满赞美的眼神看着她。他们俩在一起真是无与伦比，我心里这么想着，堪称宙斯和伊莱克特拉。

我的周围是一群闹闹嚷嚷、充满激情的男孩和女孩，女孩身上使人兴奋的香水味和正在发育的男孩身上的体味混合在一起。我的头有些晕，身体的深处好像有火花在迸发，并急遽地向外发散。有人在后面戳戳我说："看，看。"

我看到在我面前的学校墙上，从上到下写着巨大的字母：DJID，DIRTY JEWS（可恶的犹太佬）。字写得很潦草，参差不齐，歪歪斜斜的，用难看的胆黄色写上去的。只有我们的敌人才会写DJID。这些字母在灰色的墙壁上跳动不已。那是我们从来不用的字眼，是禁语。这些字眼在他们的肚子里生成，穿过他们的喉咙并形成声音，然后像痰一样从他们的嘴里吐出。那几个词让我变得懦弱，本能的恐惧使心里生出阵阵让人发怒的颤抖，心跳开始加快。突然，我变得厌恶黄色，一切黄色，甚至包括太阳。

1935年犹太学校全体师生

有人正气愤地用一块湿布用力擦着墙壁。那是一个低年级的女生，确切点说应该是个小孩子，后背垂着两条红色的小辫子。当她怀着极大的热情涂擦墙上的字母时，那两条小辫子也随之上下摆动。她的脚边放着一桶冒着热气的肥皂水。

　　辛劳的女孩必须踮着脚尖才能够到墙的高处。我看着她辛勤地干着，专心致志的样子，我的头开始晕眩，喉咙那种发痒的奇怪感觉一下子变成了一阵阵的恶心，紧接着胃里一阵抽搐。我的膝盖一软，倒在了地上，还打翻了那桶肥皂水。那个小女孩尖叫了起来，"看你都干了些什么！"她的声音非常尖厉，"现在我得再去弄一桶水了。"我躺在地上，听到上面其他人在喊叫，"快起来！""我们还有事要干呢！"那些面孔在我眼前晃动并变得模糊起来，我分不清那些声音是哪些面孔发出来的。"我们去叫比亚利克（Bialik）夫人吧，她会知道该怎么做。"有人喊道，接着人们静了下来。

　　我无法起来，胃口有一种奇怪的感觉，四肢像灌了铅似的，胸口感觉在膨胀。我看着那些黄色的字母正在消失，那块湿抹布正往下滴着黄色的水。在那旁边又出现了一团红色，而且越来越大。我浑身无力地在想，为什么这个女孩把红色和黄色混到了一块。红色和黄色混合就变成了橙色，我这么想着，也使我得到了些许安慰。我仍然躺在地上，一双双的脚从我身上跨了过去，许多人的脚。我忽然意识到，那团红色是从我身体里流出来的。"我被击中了。"我拼命喊叫，但是我的声音如同巨大的爪子被卡在了喉咙里。奇怪的是，我一点都不觉得疼。我曾在书里读到过描写人被枪击时的情景，被击中后好长时间都没有感觉。我似乎都能想到明天《北华时报》（North China Times）的头版头条："高中校园里的骚乱""学生在日本警察与当地人的交火中被抓"，或者"对犹太人的迫害还在继续"。爸爸肯定会把那样的报纸藏起来，即便我请求，他也不会让我看。"这些消息太令人不快了，不要自寻烦恼了。"他肯定会这么说。妈妈则会小声说些模棱两可的话来打圆场。大家都很敏感和克制。

　　两双整洁的系带黑鞋的出现，打断了我的胡思乱想。我顺着皮鞋往上看，一双皮鞋的上边是结实的尼龙丝长袜，再上面是一条朴素舒适的苏格兰花格呢裙。那是学校的秘书比亚利克夫人，另一个是奈泽先生，脸部皮肤松弛下垂的老师。

　　"站起来。"比亚利克夫人说着，把手伸过来拽我。我看着她那厚厚的眼镜后面总像噙着眼泪的双眼。她的面部轮廓不很清晰，头部不知怎么回事，陷到叠成几褶的脖子里，而脖子又呈梯形长在她那松弛下垂的肩膀上。"起来。"比亚利克夫人又催促我说。

约瑟夫和他那群好斗的同伙正准备出发。女生们温柔地朝他们挥舞着围巾，好像是要送他们去参加圣战一样。她们如同一群热切的侍女挤在约瑟夫的身旁，就连那个涂擦墙上字母的小女孩也挤在人群里，紧紧抓着约瑟夫的胳膊，小小的脸上充满激情。我摇晃着站了起来，浑身汗淋淋的。谁也没有注意我。

奈泽先生正跟他们说着什么，开始的几句话我没有听见。他晃动着下巴，像是一只老虎要猛扑过去。但是，他终究不是老虎，说起话来那么懦弱，嗓音颤抖。

"别再说这种蠢话了，"他在人群中尖叫着，"快回教室去。"

约瑟夫至少比他高出三英寸，说起话来比他更有权威。

"我们要去找那群杂种，没有人可以阻挡我们。"

"我就是要阻止你们去。"奈泽先生尖叫着，他的嗓门一下子也提高了。

约瑟夫两脚叉开，手背在屁股后边，冲着奈泽先生和他的属下们狡黠地一笑，然后就离开了人群。他的那帮伙伴们忽然都像着了魔似的一块行动了起来，他们从奈泽先生身旁挤了过去，而且还挨得很近，以至把他那稀疏的头发都弄乱了。奈泽先生站在那儿，雪白的、肉乎乎的双手无力地垂在身子的两侧。他转而眼巴巴地看着那些正朝着走远的男孩们挥舞围巾的女孩子们，似乎想至少求得她们的赞同。可是，女孩们也不理会他。我看着他捡起那块抹布，开始用力地擦洗墙壁，一股股肥皂水滴到了地上。那个刚才擦洗墙壁的小女孩就站在旁边，但她没有去帮忙。

我渴望和女孩们在一起，想靠近罗莎，想要融入她们那种一起发出尖叫、令人愉悦的激情中去。但是比亚利克夫人拽着我的胳膊把我拉走了。当她把我带到女卫生间的时候，我以为我要在那等着城里的医生来检查我的伤口。我还是没觉得疼，只是在腹股沟深处有一种来回拉扯的不适感。

"看看你的裙子。"比亚利克夫人说。我朝下看了看。

"转过头看看你的背后。"她命令到。

在背后，在我的浅绿色天鹅绒裙子的褶皱间，有一团红色。我不是被击中了肚子吗？血迹为什么会在背后呢？

"你，"她犹豫着，"你……来……来……例假了。"

看我没有说话，她又说："这是你第一次，是吗？"

我点了点头。我的一个表姐曾经告诉我，有一天我的身体会周期性地流出血来，我为此专门从字典查了这个词：月经、行经、月事、例假，我最喜欢的词是"初潮"，所以我应该是初潮来了，我这样想着。

"也许你应该回家。"

"如果没什么问题的话，我更愿意待在学校，"我说，"我想要知道约瑟夫他们有没有打败瓦西里。"我当时很想知道其他人是否流血，而不是我自己。

比亚利克夫人微微皱了皱眉头，叹了口气，"他真是个莽撞的家伙，这个约瑟夫。在现在这种情势下，最糟糕的就是挑起争斗。"

"可是，如果我们不斗争的话，他们还会写……"我没法说出那些字眼，"而且不管怎么说，是他们先挑起来的。"我为自己这样替约瑟夫辩护而感到高兴。我幻想着有一天能告诉他："我支持你。"他肯定会一言不发地看着我，但是我知道他肯定会很开心的。

"那些字又不会要人命的，只是一句话而已。我们必须得忍耐。如果像这样的话，两个民族之间会一直相互斗争下去的。所以我们必须要忍耐。"她说话的样子显得很淡然，就像老师讲课似的。

"但是，为什么呢?"我又以新近学会的固执口气问她。我想要看到这个大人发火，想看到她惊愕的样子，表明她被激怒了。可是她什么都没有表示，似乎很善于把一切置身事外。

"青春期的孩子们都太莽撞了，他们需要冷静下来。要不然，将会是一场……"——比亚利克夫人猛地扬了一下手——"一场混乱。"她愤愤地吐出"混乱"这个词，仿佛这个词刺痛了她的嘴似的。

我看到穿着紧腿靴子的比亚利克夫人情绪突然激动了起来，心里别提多高兴了。她终于心烦意乱了。现在我们也许可以交谈了。在这个绿色墙皮已经有多处脱落,地上铺着黑色和灰白色瓷砖,窗子不但没有窗帘而且还大敞四开的僻静的女卫生间里,我有可能会从一个大人口中听到些让我感到温暖、给我活力的话。但是,比亚利克夫人小心地擦了擦嘴,似乎要将她刚才说的最后那一个词的痕迹一下子抹掉。她瞥了一眼手表,轻轻地敲了敲表盘,好像要让时间过得快一点。然后,她茫然地望着我。

"你需要一条……月经带。"她轻轻地说了一句,走到架子旁一个上了锁的盒子那儿,拿出一条布片和几个安全别针。"戴上这个,然后你可以在这儿或是在礼堂里等着裙子晾干。"接着,她就匆忙走了出去。大概有人告诉过她,不要和第一次来月经的学生待在一起超过五分钟。她已经尽到了她的职责。我本来心里希望与她再谈上几句,这一来便告吹了。

我看了看我的裙子后面,发现那片湿印已经变硬,结成了一块褐色的污渍。刚才只是有水迹将那令人生厌的血迹夸大了。我走了出去,来到礼堂,那儿如坟墓一般死寂。我若坐下来带着身后那团污渍会感到很别扭,于是便四处走动着。角落里堆放着布满灰尘的骨骼模型,还有只在集会的时候才用得着但现在卷着放在那儿的日本国旗,书架上摆满了大概是1920年出版的《大英百科全书》。我还能听到楼上的教室里传来的嗡嗡的人声。

这时,前门被猛地推开了,约瑟夫冲了进来,眼睛里闪着光,嘴唇上渗出一层汗珠,战斗的气息就像裹在他身上的王者的斗篷。他的"臣子"们趾高气扬地跟在后边,显现出为刚刚取得胜利而骄傲的那种神气活现的样子。最后面是一群女生,发出尖厉又令人眩晕的笑声。奈泽先生紧跟在后边,呼吸有些困难,汗水从他苍白的脸颊上滚落。他是那样的格格不入,我这样想着,他不属于这儿,我也不属于这儿。我想着,眼里充满了泪水。我紧紧地靠在一面墙上,感觉如果不这样的话我会倒下。

"我们抓到他们了,而且把他们打了个落花流水。这是一场胜利,一场真正的胜利,"约瑟夫像一个王者似的宣布说。他是在跟我说吗?我看不出来。他的姿势里透着一股帝王的威严,他看上去比我刚才看到他时至少高了三英寸。我渴望能成为他的随从,小心翼翼地朝他们走了过去。可是,他们在我面前一呼而过,就像一群闪亮的蝴蝶向楼上涌去。"万岁!"男孩子们欢呼着。"好啊,好啊!"女孩子们那银铃般的声音大声喊着。

"赶紧上去,该上课了,"奈泽先生低声喊着,"别这么慢吞吞的,快点儿!"我爬上楼梯,感觉身子沉沉的很是笨拙。

直到下午三点半的时候,我的绿色天鹅绒裙子上的那团红色还是没有消失,变成了跟泥土颜色一样的很难看的一块污迹。夹在我两腿之间的那条原本柔软的布片也变硬了,来回摩擦着我的大腿。我感觉到有些东西正向下涌,意识到像是有新的事情要发生。但是约瑟夫在我的生活中不再是一件新事物了,他已经从我身边掠过。他和他的那帮追随者就像一群轻盈的、生气勃勃的大鸟,而我只是一只趴在鸟巢里的小鸟,在他们的世界里没有我的位置。

回家的路上我走得慢吞吞的,墙上那些黄色的字已经被完全擦洗干净了,一点痕迹都没有了。那儿真的出现过那些字吗?但是我的红色还在,在我的身体里,是我身体的一部分,我的初潮。

在离家还有两个路口的地方,我突然停了下来。我要怎样把这一切告诉爸爸妈妈呢?关于红色与黄色?关于墙上的字和我的初潮?两件重大事情在同一天发生。难道我最终要违背不容改变的沉默规则不得破坏的约定吗?我的脑海中翻来覆去地想着用什么样的说法。"我开始来月经了",这太粗鲁,太刺耳了。"我需要一条新的布片,因为我开始行经了",这又太令人尴尬了。"今天早上我以为自己中弹了,因为我倒在一片血泊里",这又太耸人听闻,太吓人了。而且我得使用"中弹"这个词,这个词是绝不能出现的。"有人在我们学校的墙上写了 DJID,用黄色写的",这样的话,只有"黄色"这个词是没有争议的,此外整个句子都会触犯我们的约定。也许我应该就用"黄色"和"红色"这两个词,希望他们能揣摩出其中的含义。我幻想着妈妈会意地看着我,什么都没说,给我拿来一条新的布片。而爸爸会深情地看着我说,"你长大了",然后轻轻拍拍我的头。

我走进房间,四处张望看看他们是否都在。"今天在学校过得好吗?"爸爸问我。

"我划破了手指,需要一点绷带。"我不假思索地脱口而出。

爸爸皱了皱眉,他讨厌看到血,也从来没有看过我的任何伤口。有一次,我动一个小手术打针的时候,他在医生的办公室里晕了过去。医生说:"你爸爸过于柔弱,太敏感了。"

"找你妈妈去吧,她那儿有绷带。这是她该管的事。"

我忍不住试着跟他说"红色"与"黄色",看他是不是能明白。可是,他却用沉默表示出很明显的"不要打扰我"的意思。他很惬意地读着书,脸上露出微笑。

妈妈也同样专注地织着毛衣,让我自己去客厅的壁橱第二个抽屉里找绷带。"我马上会过去看你自己包扎得怎么样。"

过了几分钟她过来看的时候,我告诉她只是划破了皮,我自己已经包扎好了。我给她看了一眼包好的手指,她也没再问什么。

那条布片就像一块冰冷的石头一样夹在我的两腿之间,我得赶紧解决这个问题。我在那个装着我的衣服的中式柜子里翻找着,却看到了一沓整整齐齐叠着的褪了色的柔软小毛巾,旁边放着一包别针。我之前从没见过这些,或许我见过,只是不知道是用来干什么的。毋庸置疑,那些是替我准备的。我像找到了新朋友一样紧紧地握在了手里。

稍后,我在那天的日记里写下了这些:"今天见到了 27。他真是个英雄,但是他也许永远都不会真正注意到我。学校的墙上被人画上了巨大的黄色字母,是不好的字眼。我第一次'见红'了。这是充满颜色的一天。红色和黄色组成橙色。这是很重要的一天。1942 年 5 月 24 日。"

6. 洗澡

在战争年代,热水就是一个弥漫着水汽的梦,一个很难触手可得的冒着蒸汽的影像,渴望热水的人们像一个个饥饿难耐、瘪着肚子,渴望得到满足的饿汉。战争年代,煤不仅稀缺,而且即便有煤,产生的热量也很有限。多数的煤都要省着,留给那个巨大的吞煤的家伙——火炉。曾经是热水倾泻而下的水管,现在则闷闷不乐地呆在那里,没有用了。我们在炉子上烧一壶热水用来洗脸和洗手，倒在同一个盆里轮流洗。轮到爸爸洗的时候，水已经不热了。

我们从来没有足够的煤来烧水洗澡。随着冬季的到来，我更是一心只想着如何能有热水。有时我想，只要能天天洗个热水澡，我甚至可以放弃巧克力威化饼干、佛罗里达甜橙、糖果，甚至放弃友谊。我梦想着能有一大排浴缸，每个浴缸里都盛满了冒着肥皂泡的、滚烫的热水。

每个月中的两个星期五，我的梦想在德里森（Drisin）家得以实现。他们家的公寓房的房东，应大家的要求继续为大家提供令人舒适的热水。我们荣幸地成为了这一慷慨恩惠的受益者。妈妈说，不知道热水还能供应多久。有传言说，德里森家住的公寓大楼很快就要加入到不供热的行列里了。

我在乡谊俱乐部

不过，至少现在在德里森家还不必节省热水，不必想方设法去搞到热水，不用去小心地摆弄炉子。在德里森家，只要拧开水龙头，一道热气腾腾的水柱便会像一团火径自倾泻到浴缸中。水柱上方，一团蒸汽徐徐上升。

一会儿工夫，我就被蒸汽和热水所包围。墙上微光闪烁，空中雾气笼罩，所有的轮廓变得模糊不清了。我的颈部以下都浸泡在热水中，四肢软绵绵的，皮肤柔软光滑。餐厅里喋喋不休的说话声和准备晚餐时碗碟相碰的声音，好像来自遥远的地方。我现在就是热水女神，已经远离尘世。

7. 全权决定

"如果剥去一个俄国人的伪装，你往往会发现他其实是个反犹分子，即便在1945年的中国也是如此。"

"有一些人还可以。我有个朋友，她叫薇拉·斯米尔诺娃(Vera Smirnova)。她从来没说过反犹太的话，从来没有。至少没跟我说过。"

"嗯，也许什么都有例外吧。"

"不，我不同意。没有例外。他们一喝醉了，就让人完全无法忍受。'杀害基督的凶手'，他们一喝醉了就这么说我们。"

"想象一下她妈妈的感受吧。她嫁给了一个俄国人。可怜的女人，真是个耻辱。"

"感谢上帝，我们家从来没出过这种事。"

"他们说他的爸爸是半个犹太人，可那老头不承认。而且他们都去教堂做礼拜，每星期都去。而且，那男人从来没有固定的工作。"

"要是让我走进一间摆着圣像的屋子，我就去死。俄国人的家里，每个房间里都有圣像。想想这些我都会打冷战。"

"必须承认他长得挺好看的。虽然粗野、俗气，有时还喝得烂醉，但确实挺帅气的。"

"女孩也是个可爱的姑娘啊！努力工作，赡养母亲，一直是家里的顶梁柱。一个可爱的犹太姑娘，现在却变成了这样。真是一场悲剧，嫁给了那个沃尔特·丹柯(Walter Denko)。"

1945年的夏天，我走在天津的大街上，那些话则盘旋在屋顶上，渗透到人行道的缝隙里，在夏日的微风中到处传播。他们正在谈论我的玛丽姨妈。

见我走进房间,他们都背过脸去,闭住了嘴,就像受伤的鸟儿把头缩进颈部和前胛一样。

我非常喜欢玛丽姨妈。我常常在外婆家的厨房里看到她涂口红,她说那里的光线最好,她把嘴努得就像小小的红色丘比特弓一样。我喜欢她丰满、线条柔和的身体,喜欢她微微上翘的小鼻子,还有那蓝灰色的眼睛。再看镜子里的我,长鼻子、蹙眉、短腿,简直就像个侏儒,这让我感到既惊愕又充满挫折感。有一次,我拿了玛丽姨妈的胭脂和口红,试着擦了一些,结果糟糕透了,镜子里出现了一张小丑的脸。为什么会这样?我无法理解。

玛丽姨妈和外婆住在维多利亚道和侨民街(Colony Street)①交叉路口的一栋房子里。外婆把房间都出租了。有好多年,她们俩就睡在楼梯下面的储物间里,人只有站在储物间的正中间,才能把身体站直。后来,她们住进了一间屋子里,外婆总是带着歉意地嘀咕:"我知道,要是把这间屋子租出去我们能赚个好价钱,可是能有一间完全属于自己的房间多舒服啊,在房间的任何地方都可以挺直腰板站着。"

外婆和玛丽姨妈来自莫斯科附近一个居民大多是犹太人的小村庄。1917年革命时期,她们向东朝太平洋的方向逃难,来到天津投奔我的妈妈。她们坐了好几天的火车。有一次,火车无缘无故地停了。她们在担惊受怕中等了好长时间,其间,几个俄国小青年上车来搜查,他们穿着不合身的制服,满脸青春痘,蛮横地把她们的东西翻得乱七八糟。他们拿走了玛丽姨妈心爱的玩具熊,像战利品一样拎在肩上。

玛丽姨妈经常带我去买东西。她紧紧地拉着我的手,在维多利亚道上边走边看着商店橱窗里琳琅满目的商品。我最喜欢"惠罗公司"②,那是一家大百货商场,一层楼几乎摆满了各种各样的玩具。

我站在那里,脸贴在冰凉的玻璃上,我俩的身影映照在橱窗里的大熊猫和大熊之间。这时,她就会愉快地说:"你想要什么?我给你买。"

---

① 作者记忆有误,英租界没有 Colony Street 这个街名。

② 惠罗公司,书中原文为 Whiteways and Company,疑拼写有误。惠罗公司的英文名应为 Whiteaway Laidlaw & Company。

现解放北路(原维多利亚道)上的惠罗公司旧址

"哪个都行?"我说道,心脏兴奋得跳个不停。

"由你全权决定。什么都行。"

"我能要个泰迪熊吗? 还有那些纸玩偶?"

"当然可以。"

"还要那个万花筒!"我叫了起来,我太想要那个魔筒了,它像变戏法一样,把世界变成闪闪发光的方形和球形。

"没问题。"

"真的? 真的?"我大声尖叫着,故作不相信的样子,把这种甜蜜的、半信半疑的感觉拉长,就像拉一个橡皮圈,越拉越紧,直到把它拉断。然后,我们就走进了那摆满了玩具的宽敞的大房间里。

有一次,我问她是不是对别人也是要什么就给买什么。她直视着我的眼睛,吻了一下我的鼻子,说:"我也会给你的表兄妹们买东西,但只对你是由你全权决定。"她紧紧地搂着我,我深吸一口气,闻到了她身上薰衣草香水的芳香，心中充满了喜悦。我很特别，长鼻子，腿又短又粗，我真的很特别。

玛丽姨妈在里夫金公司（Rivkin Company）工作，就在那里她遇到了沃尔特·丹柯。她在公司担任约瑟夫·里夫金（Joseph Rivkin）先生的秘书。里夫金是个下流的男人，长着一双斗鸡眼。他很随意地掐身边的每一个女人，不是出于情欲而是出于习惯。里夫金先生做的是皮毛生意。他上班经常迟到，而且还常常忘记发工资。他抽那种气味刺鼻的雪茄，办公室的家具和地毯上，到处都落满了烟灰。但玛丽姨妈全心全意地为他工作。当他与有意的买家约定见面迟到时，她就会找理由为他圆场。如果支票逾期或是被拒付，她也会原谅他。

一天，里夫金先生带着一个男人轻松地走进办公室，介绍说这是沃尔特·丹柯。"我们谈成了一笔买卖，"他一边说一边用狂野的眼神朝玛丽姨妈眨了眨，"沃尔特从我手里新买下一船毛皮。我要带你俩出去吃午饭，庆祝一下。"

三个月后，沃尔特和玛丽姨妈决定结婚。外婆痛哭流涕，还威胁要自杀。"我在大家面前还怎么抬得起头来呀？嫁给俄国东正教徒！我一辈子的心血都花在你身上了，你就这样报答我？罪过啊！上帝会惩罚你的。"

外婆又是抱怨又是哭泣，甚至答应给玛丽姨妈一间属于她自己的房间，但玛丽姨妈依然态度坚决。由于她令人吃惊的决心，家族里的其他人都不再劝说她改主意了。她是不可动摇的，宛如一尊象征着爱与激情的壮丽的白色纪念碑。

从一开始沃尔特就让我害怕。他粗粗的脖子上带着一个金十字架，在阳光的照耀下闪闪发光。他大步走在我们的公寓里，就像一头脱缰的公牛，震得我妈妈橱柜里的瓷器叮当作响。一到礼拜天，他肯定要去河那边的俄国东正教堂。我是从来不被允许去那里的。那是敌人的阵营，是禁止前往的。

他拍我的头时，我都能感到他手掌上坚硬的老茧在撞击我的头皮。他的拥抱是一把将你揽到他的胸前，劲头很大，憋得你透不过气。他虽然是个大块头，但在舞场上的舞姿却出奇地优雅。所以，每当玛丽姨妈说"快看他，他简直就是舞神"的时候,我即使不情愿也不得不承认她说的是对的。

玛丽姨妈对沃尔特如痴如醉,让我有一种被背叛的感觉。我们不常去维多利亚道了,即使去了她也是心事重重,心不在焉。有时,她会突然走进我家,说:"这星期没时间去逛了,我给你带了这个来。"她把礼物塞到我的手里,但我拒绝打开,而是把它们堆在我的房间里。

"别闷闷不乐的,别耍小孩子脾气了,"妈妈说,"他们结婚了,就是这样。"

"可为什么呀? 我恨他。他是那么……那么的个别。是他把她从我身边带走了。"

"她爱他,这就是原因。无条件的爱。爱就是身不由己,不顾一切。"

"什么意思?"

"总有一天你会明白的。"

"上星期,他要我把盘子里的东西都吃掉,而且还不断往我的盘子里放吃的,一边放一边喊:'吃啊,吃啊。'我知道,他喝醉了。你知道我趁他不注意时做了什么吗? 我跑去卫生间呕吐。我恨他。我恨他。"

在他们的结婚照中,沃尔特穿着件燕尾服,身体把衣服撑得鼓鼓的,微卷的金发垂在他宽大的额头前。他的两眼直直地盯着前方,有力的双手紧紧握着,好像是为了防止它们可能挥出去打到别人似的。玛丽姨妈看上去是那么的温柔,光彩照人。家里的其他人则聚在一旁,就像一群被遗弃的小狗,凝视着远方。这时,我又在街头巷尾听到了新的闲言碎语,在树梢间回旋,伴随着鸟儿的翅膀四处传播。

"完了,都结束了。不管是好是坏,他们结婚了。"

"可怜的母亲。"

"听说她哭了好几天呢。"

"可现在她已经接受这一切了。"

"要不然她能怎么办? 可怜的女人。女儿就是女儿。"

"我要是有个俄国东正教的女婿,我就自杀。"

"而且那男的还没有工作——要靠女的养活着。"

"那以后有了孩子怎么办？"

"先别想那么多了。"

"如果我的女儿嫁给俄罗斯人，我就去死。绝对去死。"

"谢天谢地你的女儿没这样，我的女儿也没这样。"

"爱情啊！你我都左右不了的爱情。"

"他们说女的非常爱他。爱是没有理由的。"

一年后，玛丽姨妈和沃尔特在外婆家庆祝他们的第一个结婚纪念日。外面的气温降到零度以下，而这小公寓的两间屋子里却挤满了客人，乃至窗户上的水汽都流了下来，取暖的大肚子火炉也没人管了。屋子里塞得满满的家具都被推到了墙边，闪着光亮的俄式茶炊和大型手摇留声机被挤到了角落里。胜家缝纫机被搬到了昏暗的走廊上，由于堵住了过道，房间之间来往很是不便。餐厅的大餐桌上摆满了食物。卷心菜与肉做馅的俄式小卷饼、盛在有柄玻璃皿中的紫茄子沙拉、熏鲱鱼、鱼丸和碎肝、涂有厚厚一层橘子酱的火腿、烩水果、核桃仁蛋糕以及装在水晶瓶里的伏特加酒和红酒。在屋子的角落里，东正教圣像旁的烛光映照出摇曳的影子。

用过的盘子被送回厨房，厨师在人群中穿来穿去补充着食物，不停地往桌上摆放，所以桌子上始终也没有空的盘子。我在鱼丸里加了几勺强劲的辣根酱，结果一吃下去呛得直流眼泪。弥漫着热气和烟雾的房间，嘈杂的人声，我喜爱的人们一起唱着歌，他们的满头黑发像闪亮的唱片一样在钢琴旁发着光。欢乐填补了我心中所有的裂隙，我感到很满足。我们又团聚了。我不必理会角落里忽闪着的拜占庭圣像。只要我闭上双眼，就可以当它不存在，或者当它不过是一只普通的蜡烛。我甚至可以假装沃尔特也不存在。

这时，一声大喊打断了人们低沉的美妙歌声，也打断了我出神的幻想，是沃尔特在高声喊叫。他喝醉了，四方脸上汗渍闪闪，潮湿的头发粘在前额上。他向我爸爸吼道："弹一首《伏尔加船夫曲》。"只见他在人群中横冲直撞，从门口挤到钢琴旁。手里举着伏特加，溅到了周围客人的身上。"该死！弹《伏尔加船夫曲》啊！"我爸爸赶紧从命，弹了起来。沃尔特拽过一个女人，紧紧地搂在胸前，然后高举着酒杯，大叫："为友谊，为爱情，为上帝干杯。"那女人想从他怀里挣脱出来,但他根本不松手。他唱着《伏尔加船夫曲》,泪水顺着他涨红的双颊往下流。那女人无力地靠在他胸前,用乞求的眼神望着他,嘴巴微微张着,就像一条搁浅的鱼。沃尔特根本没有注意到她,依然在唱着。他就像疯了一样,人们根本听不清他唱的是什么。

"沃尔特,亲爱的,能不能唱点别的歌。"玛丽姨妈的声音很轻柔。"《伏尔加船夫曲》太……"她在找合适的词,"太……啊……太感人了,所以总是让你难过。"

沃尔特怒视着她,把怀里的女人推开。那女人惊慌地跑开了,就像一只从猫爪下挣脱的老鼠。沃尔特紧咬着牙说:"在我的房子里,我想唱什么就唱什么,想什么时候唱就什么时候唱。"他额上的青筋都突了出来,不停地跳动着,眼睛里充满了血丝。

"是啊,是啊,"客人们都高声附和着,"唱点别的吧,唱个《总有一天》,或是《百老汇摇篮曲》怎么样?"

沃尔特晃来晃去,像头疯牛一样用脚刨着地面。"这是我的结婚纪念日,我要唱我想唱的歌。接着弹,钢琴手,别停。"

"亲爱的,吃点东西怎么样?"玛丽姨妈轻声地安抚着他,并递给他一块抹着厚厚一层茄子酱的面包。

沃尔特把面包从她手里打落,茄子酱沾在了玛丽的衣服上。屋子里一下子静了下来,所有的声音戛然而止,宛如飞行中的鸟儿突然收起了翅膀。落地式大摆钟敲了七下,响亮的钟声在寂静的房间里回荡。我的父母看着沃尔特,脸上一副无可奈何的困惑表情。

"你们这些犹太佬,总是插手我的事。"沃尔特满脸怒气。"出去,你们都出去。别站在我旁边,我想自己一个人唱。"眼泪从他的脸上流了下来。"再来点伏特加,"他大叫着,"再来点,再来点,再来点! 为了祖国俄罗斯干杯。打倒犹太佬!"

客人们一下子都惊呆了,谁也说不出话来。我羞得满脸通红,觉得屋子里的每一个人都在看着我——因为姻亲,我成了沃尔特·丹柯的外甥女。"看在上帝的份上,做点什么,别光站在那儿。"看着我羞怯的家人,他们的脸上露出痛苦的表情，这些词突然出现在我的脑海中。"求你们了，"我默默地乞求着，"求你们了。做点什么。"但是什么也没有发生。

我就像生了一场大病，费了很大的劲站起身走向沃尔特。他宛如高塔般矗立在我的面前。"你这个讨厌的恶魔，没人喜欢你。"这些话仿佛炙热的煤炭灼痛我的舌头，塞满我的胸腔，我感觉自己就要爆炸了。"没人喜欢你这个丑陋的魔鬼。"

沃尔特像只泄了气的气球，完全瘫软了下来。眼泪顺着脸颊滚落下来。玛丽姨妈温柔地拍着我的肩，轻声说："嘘，嘘。"

她又转向沃尔特："亲爱的，去隔壁屋里休息一下吧。你累了，真的很累了。"

"是的，亲爱的，很累了。"他重复着她的话。

她领着沃尔特的手，人们分散开给他们让路。玛丽姨妈把头靠在沃尔特的肩上，我能听到她在悄悄地说着柔情蜜语。就在昏暗的走廊即将吞噬两人的身影时，我看到沃尔特搂住了玛丽姨妈的腰，而玛丽姨妈也搂住了他的腰。一时间，他们沐浴在了光亮中。

庆祝活动在他俩不在场的情况下持续到午夜。我感到精疲力竭，躺在紫褐色的长沙发上，全然不理会客人和我的家人。就好像我的愤怒只是一粒落入深潭的石子，甚至没有激起一丝涟漪以证明它的存在。我在期待什么呢？赞同？表扬？每个人都装作什么也没发生一样。我的爸爸坐回到钢琴旁继续演奏。玛丽姨妈和妈妈在唱歌。我觉得一颗炸弹已经爆炸了，只有我看得到的炸弹。我睡着了，梦到玛丽姨妈盯着一个人，她在哭。那个人是沃尔特。玛丽姨妈转身对我说："人一死，就变得多平静啊……你对他太苛刻了。他需要时间。你对他太苛刻了。"

"你听说那次聚会了吗？"

"我在场呢。一喝多了，他们就不可理喻。"

"还是老样子。结婚一年了，真是个奇迹。谁也没看好这段婚姻。他们现在搬去和她妈妈一起住了。"

"你能想象吗？这个可怜的女人与斯拉夫人成了一家子。生活在同一屋檐下。"

"而且，每个星期天还去教堂。光天化日下，从犹太人家里走出来，过河去他们的教堂。"

"养女儿的就是要忍受这些。"

"哦，我可受不了。"

"听说她把最好的房间让给他们了。"

我清楚记得，他们搬到外婆家的那天我正好在场。玛丽姨妈去上班了，沃尔特自己一个人搬运所有的家当。他把他们的家具和其他东西搬上了二楼。他干得有条不紊，井然有序，一边干着一边还吹着口哨。最后抱进去的是他们的猫——阿奇。他温柔地将它放在他们的大床上，床上铺着绣有粉孔雀图案的蓝缎子床罩。我看着他挂上了窗帘，我又看着他出去拿来一大束花，插进床头柜上的花瓶里。才几个小时，他们的房间看上去就像早就住进来了一样。不久，玛丽姨妈下班回来了。

"亲爱的，太漂亮了！这么美丽的花儿！"

"只把最好的献给我的公主。"

他们的声音忽高忽低，在耳边柔声低语。傍晚，他们挽着胳膊走了出来。

她那盲目的爱、错位的骄傲，以及她坚定不移、一心一意的忠诚，都让我很是反感，我的心里厌恶不已。我无法理解她怎么会爱上这个鲁莽、粗壮的俄国人。他的那一头金黄色头发更是让我恼火。

"怎么能允许他住在外婆家？我本以为你们都恨他呢。"

"现在他是我们中的一员了。你的玛丽姨妈已经选择了他，不管我们是否理解，我们都得接受。别为你的玛丽姨妈担忧了，去找你的朋友们玩吧，去吧。"

是啊，我该交些新的朋友，寻找些新的友谊了。

"我听说玛丽的外甥和外甥女给她买了机票，她明天就要离开圣保罗去美国看他们了。"

"她和沃尔特已经生活了三十年。太不可思议了。"

"她依然是家里的经济支柱,唯一养家糊口的人。那男的就做点买卖。"

"不过,他们还雇了个巴西女人呢。"

"就像在中国时一样,住那儿时什么样,住这儿就什么样。雇佣人,办聚会,什么都没变。"

"我想,什么也不能比爱情更强大。"

"但我更喜欢能养活我的男人,而且不乱喝酒。"

"那倒是。不过他们的眼里始终只有对方,从未改变。"

1973 年,玛丽姨妈从巴西飞来加利福尼亚看我。我当时正在闹离婚。她依然是那样的温柔,只是有些发福,双手也因关节炎而肿胀。她和沃尔特从 1960 年就一直住在圣保罗。

她来到我这几天后,便问我:"咱们什么时候去买东西?"

"什么时候都行。"

"就像以前那样,记得吗?"

"现在轮到我全权决定了。"我们去了城里的一家大型百货商场,而且我想带她去新装修的露天餐厅。

"我想先给沃尔特买些东西。一件皮夹克,像这样的。"她拿出一张叠好的旧报纸广告,上面是一个魁梧的年轻人穿着一件皮夹克。"沃尔特还是那么帅,"她骄傲地说,"他看上去很年轻,谁也不会相信他都快六十岁了。"

"但我想先带你去看女装啊,"我的话声因扫兴而显得有些烦躁。沃尔特那不受欢迎的身影又一次来到我俩之间,一种早已遗忘的愤怒之情重新在我心中被唤起。

然而玛丽姨妈很坚决。很快,我们就在一堆皮夹克中挑了起来,刺鼻的气味熏得我眼睛都疼了。她捻着料子,看是否柔软,又仔细地检查了衬里,终于选好了一件。待女售货员把她购买夹克的价款输入收银机,玛丽姨妈才说:"现在咱们可以去给我买衣服了。我已经给沃尔特买好了。"

在女装部,她的购物兴趣却消失了。"挺好的,很漂亮。"她几乎都不看我为她选的裙子,就匆匆地说。我们买了两条裙子,她试都没有试。"我保证会很合身的。"她让我放心。我们没有去露天餐厅吃午餐,因为她忽然觉得累了。

在车里，她问我离婚的事情。为什么？怎么弄成这样的？什么原因？

"我们没法沟通，"我努力想跟她解释一下在我的脑子里还是一团乱麻的离婚理由，"他想要独立……想要他自己的空间……我的意思是，他只想做他自己的事。而我……嗯，我想要……想要一种更亲密的关系……而且我们经常为怎样才公平而争吵……争论在婚姻中谁应该付出多少。然后，有时……就会出现另外的女人。他就是没有忠实于爱情。我觉得我承担了大部分的责任……而他总是喜怒无常……一直是。"

她满是疑惑地看着我。"你说的这些公平啊，独立啊，忠诚啊，都是什么啊？婚姻不是一份商业合同，责任一半对一半。我百分之百地爱着沃尔特，我为此感到骄傲。我们不会去分配这个比例，也不会去计算这些。我总是在付出，付出本身就是一种满足。"她望着我，明亮的眼睛闪着光，嘴唇有些颤抖，"我爱沃尔特，就是爱他本来的样子，而不是要他变成什么样。"

"天啊，他那是什么样子呀！"我尖刻地打断了她。

"他很体贴人，他很在乎我。虽然他的爱并不完美，但他确实爱了。而且他是属于我的。"

"这就足够了吗？"

"当然。没有他我就是不完整的，我们在一起才完整。"她几乎是像唱歌一样大声喊道，"我们是一体的。"

我被她那炽烈的情感震撼了。也许这才是爱的方式，也许我的婚姻就是由于陷入没完没了的分析和唠唠叨叨的误解中而导致死亡的。我想着我用来仔细分析研究婚姻问题而耗费的大量时间，在相互怨恨的对话中度过的岁月，这些都使得我口干舌燥身心俱疲。而她的爱是盲目的、无保留的，是一种迷恋，我心里这么想着。然而，当我看到她蜷缩在座椅上，抱着那件皮夹克，虽然很累却很满足，看上去神情安详，体态丰满，我忽然发现，我渴望得到的不就是她这种炽热而又强烈的激情吗？

我想问她是如何在这爱火中生存下来的，但是最终还是没有张嘴。我也没提 1947 年那次聚会上发生的那件事情，虽然那件事情多年来让我一直难以忘却。玛丽姨妈肯定早已经满怀热情地原谅了沃尔特所犯的那些禁忌。

几周之后她离开的时候，她那小小的旧手提箱里装满了给沃尔特买的衣服和准备送给朋友们的小礼品。她坚持不托运行李，而是自己提着手提箱，要始终看着它。

"这次你真的让我全权决定了，"在我们分别的时候她对我说了这句话，然后就消失在通往飞机的幽暗的通道里了。

"但是，你几乎没给你自己买什么啊。"

"有什么不一样吗？沃尔特和我，我们是一体的。你让我全权决定就是给我们俩的。"她热烈地拥抱了我。我闻到了那熟悉的香水味，当她把我从怀里推开的时候，眼泪刺疼了我的眼睛。

几年之后，玛丽姨妈在做一次小型选择性手术的过程中，在麻醉的状态下不幸去世。我们都感到十分震惊，沃尔特在信中写道："我的生命之光从此黯淡了。"

8. 天津犹太高中的毕业晚会

我站在妈妈卧室的镜子前，生气地看着自己，看着额前被妈妈称作"忧心纹"的两道皱纹紧紧地挤在前额上。我想，我怎么长得这么难看呢？怎么看哪儿都不对劲呢？绝对是一无是处。腿这么短，屁股又大，鼻子还这么长，即便穿上内置钢圈勒到肉里的胸罩，弄个假乳房也毫无改观。我穿着粉红色的乔其纱裙子，上面缝着许多粉红色缎带，心形上衣还有心形袖子使得我的脸看上去黄黄的。妈妈跪在地上给我缝着裙子的褶边，一边说道："亲爱的，你看上去漂亮极了。别皱眉了，要不然你的额头上会永远留下'忧心纹'的，我们可不想那样啊。"她一边说着，一边抬起头从镜子里看我的反应。我把眉头舒展开来，因为我不想让她失望，因为我爱她。她是那样的漂亮聪明，把每一处需要缀补的地方都收拾得十分妥帖，而且她总是和我说，我是多么的优秀，多么的漂亮。尽管她和爸爸心里都很清楚，他们必须承认这一事实，我长得很难看。更糟的是，我还戴眼镜，就好像我的麻烦还不够多似的。但是爸爸妈妈却跟我说，我戴上眼镜让我看上去很有"学者"和"艺术家"的风范。其实，我不忍心告诉他们，我一点都不想成为这两种人。《永远都不要向戴眼镜的女孩献殷勤》，这是乔伊·皮特金(Joe Pitkin)最喜欢的歌，每次我经过他身旁时他似乎都会唱这首歌。乔伊是我喜欢的男孩，但我从没告诉过他，因为他总是在唱那首歌，我不知道他是想要告诉我别妄想，还是在跟我调情。我的朋友罗斯(Rose)告诉我，男孩子们有时候会故意跟女孩子说一些刻薄的话，其实这是他们调情的一种方式，所以乔伊有可能是在跟我调情。

我们正在为我的高中毕业晚会做准备。我们是中国天津犹太学校整个历史上第十届毕业生，毕业晚会就在今晚举行。妈妈正在给我做最后的修整。整个上午，我的头发都用发卷卷成一卷一卷的，我的身上已经穿上了粉色乔其纱裙子，这些发卷还卷在头发里，在肩上上下摆动，看上去显得有些滑稽。这条粉色的乔其纱裙子是仿照妈妈从一本 1940 年的《艺尚》(*True Romance*)杂志上剪下来的一幅图片缝制的。当时，妈妈正在努力学英语，她把她手头能找到的《艺尚》杂志都读遍了。妈妈把她剪下来的那张图拿到费尔德曼夫人那儿，费尔德曼夫人是个令人不可思议的裁缝，她能照着图样做成一模一样的衣服。妈妈和费尔德曼夫人一起商量了很久，觉得无论是布料还是颜色，用粉色乔其纱来做这条裙子再适合不过了。

我是和爸爸妈妈一起去参加毕业晚会的，这当然很好，但是如果我能跟乔伊·皮特金甚至萨米·戈德曼(Sammy Goldman)一起去的话显然就更好了。有些女生就准备和她们的男朋友一起出席。她们都是讨人喜欢的女生，我也希望能和她们一样，但是我一点也不讨人喜欢，就好像是来自"北极"的怪物一样，而且可能永远也不会成为讨人喜欢的女孩了，所以我要接受这一事实。我们要坐乔治先生的车去参加晚会。乔治先生是爸爸的老板，爸爸为了这个晚会特意找他借的车。爸爸为乔治先生工作很多年了，他常说自己是乔治先生的"得力助手"，但是我知道他只是一个名声上好听的秘书而已，在办公室按照乔治先生的吩咐做各种事情。我还知道爸爸崇拜

犹太学校高年级学生度暑假

乔治先生，甚至还学乔治先生走路的样子。我讨厌看到他那样，可又不知道该怎么跟他讲，因为我爱他，不想伤害他的感情。不过不管怎样，乔治先生的车会来接我们，这样我们去参加晚会时会显得气派些。这比坐黄包车去要好多了，因为如果坐黄包车的话，妈妈为了省车钱会让我坐在她的大腿上和他们挤一辆车。尽管我开始觉得像我这样的年纪坐黄包车时还要坐在妈妈的腿上很丢人，但是要是像平时那样穿着随便的话我也不会太在意，可是今天是我第一次穿晚礼服，如果还要像那样坐黄包车的话，会让我非常难堪的。但我又不会跟爸爸妈妈说出我的感觉，因为我们的钱真的很少，我们必须节省着花，所以坐汽车去是个好主意。

　　妈妈做完了最后的修饰，把长裙的下摆熨了一遍，让乔其纱柔顺地一垂到地。她把裙摆放在我身旁的椅子上，让我转个身，以便让她转一圈看看整体的效果。然后，她确认了一下裙子两侧的按扣都安全地扣上了。最后，她把我的发卷都拆开,蓬松的小香肠状卷发在我的头上随意地飘动着。妈妈把头发都梳了一遍,弄成内卷的齐肩卷发。连我都不得不承认,这样一弄让我看上去要好多了。

我记得上一次坐汽车还是哈泽尔(Hazel)表姐结束外交任职期回家的时候,我们去车站接她,使馆的汽车把我们一块都送回家了。这次又是一件大事。我们乘车沿着维多利亚道左转走到达文波道,那里有天津最高的"利华大楼"①,有11层高。接着经过我们的学校,最后来到犹太俱乐部门前,今晚的毕业晚会就在这儿举行。我开始变得非常紧张起来,因为在颁发完毕业证书,喝过潘趣酒,吃完蛋糕之后,还会有一场有管弦乐队伴奏的舞会,毕业班的学生就应该玩得很开心。但是,对我来说未必开心,因为可能不会有人邀请我跳舞。我就得坐在那儿保持微笑,直到嘴咧得发痛,还要假装我玩得很开心。妈妈跟我说,我应该为自己感到骄傲,因为我是班里最小的毕业生。很显然,像我这样不到15岁就高中毕业是打破了纪录的。但我一直提醒她,我之所以能够这么早毕业,唯一的原因就是我转学过来时,这个学校没有10年级和11年级。在战争时期,他们招不到这两个年级的学生。我只有两种选择,要不就继续留在9年级,或者就跳两级去读12年级。我选择了后者,因为我的宝贝表弟丹尼(Danny)也在9年级,如果我跟他同年级的话,会被他纠缠死的。妈妈说,不管怎样我还是很聪明,因为我能赶上12年级的功课。

犹太俱乐部礼堂大厅所有的柱子上都系着飘带,上边挂满了气球。大厅中央是一张大桌子,桌上摆放的标牌上写着"祝毕业生好运"。桌子的四周放了29把座椅,每把座椅上贴着我们一个人的名字。这样很好,我就不用决定要跟谁坐在一起了[当然如果我可以选择的话,我肯定会选乔伊·皮特金,但是他通常总是和范妮(Fanny)坐在一起,所以就算我动作够快,也没法

---

① 这座建筑的名称,原书为 Elgin Building,应译作"额尔金大楼"。但根据作者对建筑的描述,应当为"利华大楼"(Leopold Building),可能是作者的误记。利华大楼位于英租界维多利亚道,建于1939年,由法国建筑师设计,建筑主楼10层,是当时天津最高的建筑。因投资人是瑞士籍犹太人李亚薄(Marcel Leopold)而得名。美国驻天津领事馆一度设在利华大楼内。

犹太俱乐部

坐到他的旁边]。现在按照安排,我左边是戴维·菲什曼(David Fishman),右边是萨米·戈德曼,但是他们俩一个向左一个向右和他们身旁的女生谈笑着寻找欢乐,还是没有人跟我说话,我只能可怜兮兮地看着其他人享受他们的欢乐。我环顾了一下大厅,数了数男生和女生的人数,其实我已经在心里算过很多遍了,但是我还是又算了一次,确定一共有 15 名男生,14 名女生。也就是说,从数字上来看,至少每一个女生都会有一个男舞伴,甚至还会有一个"备用"男生,这让我感到很高兴。可是,我忽然想起一件糟糕的事情,那就是上个礼拜马克和多尼两人在溜冰场上意外相撞,他们俩现在都还挂着拐杖呢,这就意味着只剩下 13 名能跳舞的男生和 14 名能跳舞的女生。我很清楚,就如同知道自己的名字一样肯定,我将是那个没有舞伴的人。

我希望毕业晚会舞会之前的部分能永远持续下去,我希望世界能慢下来,那样就永远都不会来到去舞厅开始跳舞的那个时刻了。校长奈泽先生正在讲台上发表关于毕业和人生的演讲。他的演讲很无聊,但是我希望他能一直继续下去,做很长很长的报告,他已经好几次提到毕业生成绩档案了。我还希望桌上的蛋糕吃完之后还会有新的蛋糕送来。我看着厨房的方向,期待着,甚至好像看见了更多的食物从那摇摇晃晃的门里送了出来。我祈祷着能突然爆发一场地震,轰隆隆一声巨响,在礼堂和舞厅之间震开一条巨大的裂缝,那么我们就不得不回家了。我还祈祷着来一场大暴雨,猛烈冲击舞厅的屋顶,雨水如注灌了进来,舞厅的地板就完全没法跳舞了。我听说三年前下过一场大雨,的确给舞厅造成了严重的损坏,有好几个月无法使用。但是,他们把舞厅修好了,按照爸爸的说法修舞厅不是件容易的事,花了不少钱,天津所有的犹太人都捐了钱。所以,我现在所在的犹太俱乐部非常坚固,头上的屋顶很结实,不可能发生我所想象的那些灾害。

奈泽先生的演讲终于结束了,接着是珀尔斯(Perls)先生走上讲台。他让我们集体起立,列队上台领毕业证书,我们照他说的做了,这没有花多少时间。我还没反应过来,我们就簇拥着进到了令人畏惧的舞厅里。毕业生们像动物园里的动物一样全体排列站在舞厅的中央。第一支舞要求父亲和女儿跳,母亲和儿子跳,所以我和爸爸一起跳了第一支舞。爸爸舞跳得很好,就是他教我跳的探戈和华尔兹。他一直不停地跟我说他为我感到多么的骄傲。但是,我不忍心告诉他,再过几分钟,他就会看到让他们"骄傲和快乐"的女儿像往常一样坐在墙边,成了"壁花"①,没有人会请她跳舞。当然,也会有女士先邀请的时候,我想邀请乔伊,如果范妮、玛丽或者罗斯她们没有先邀请他的话。

我被领回到一排为毕业生准备的椅子前,那排椅子摆放的位置正好是舞厅里所有的人都能看到的地方,所以我必须咬紧牙关独自一个人坐在椅子上面对整个世界。因为多尼和马克在溜冰场上摔伤了,这让我能跳舞的机会降到了零。我只能接受这悲惨的命运,听着第二首舞曲响起。他们奏起了我最喜欢的歌曲《再会吧,青鸟》(*Bye, Bye, Blackbird*)。在家里,爸爸常弹这首曲子,妈妈会跟着唱。乔伊和范妮第一对走进舞池,我看着他们跳着飞快的狐步舞,偶尔还会有复杂的外摆式舞步。范妮大笑着往后甩着头,

---

① 指社交场合因害羞或其他原因而没有舞伴或不与人交谈的人。

乔伊穿着他新的蓝色衬衫,看上去那么的潇洒帅气。紧接着,罗斯和德米特里(Dmitri)也上场了,随着一个个男生走过来邀请女生去跳舞,我们女生坐着的这排椅子很快空了下来。几分钟过后,就剩下我和长长的一排椅子摆在那儿。我真希望我的裙子是黑色的,那样我就可以和身后的墙壁融合在一起,可我就像一颗粉红色的粉刺非常显眼,舞厅里所有的人都能看到我。我无精打采地缩在椅子里,希望自己能变小点。爸爸妈妈从舞厅的另一头朝我招手,我也冲他们挥了挥手,心想,你们现在该知道了,你们的宝贝女儿是今年舞会上的头号"壁花",全城的人都看见了,无论是心形粉色乔其纱上衣还是发卷都不会有丝毫的不同。我开始觉得身体发凉发沉,两手不知道该干什么,总觉得两只手大得可怕,非常惹眼。我甚至不再微笑,皱紧了眉头,两道忧心纹又爬上了前额,可我已经不在乎了。

当我再抬起头时,正好看到摩西·古伯(Moses Guber)两眼在看着我,他站在离我大约十英尺的地方。摩西是九年级的学生,他来这儿只是因为他的哥哥今年和我一起毕业。摩西和我差不多高,这就意味着作为一个男孩,他的个子实在太小了。他有一头红发,长在脑袋的四周;他身上到处都长着雀斑,我是说全身都是;他还戴着最难看的眼镜;而且他现在正盯着我。真是太好了,我心里这么想。他会过来邀请我跳舞,然后我就会成为唯一一个和九年级生跳舞的十二年级毕业生。最糟糕的是,我们将会是舞场上最瘦小的一对和最丑的一对。城里所有人都会知道,我父母眼中让他们感到骄傲和快乐的女儿,不仅是长得难看的"壁花",而且唯一一会和我跳舞的也是最小最丑的男生,甚至还不是毕业班的同学。我想要逃开,但是我身后是一堵墙,左边是一群父母,前边则是正在跳舞的毕业生们,我觉得自己被困在了那儿。等我再次抬起头时,发现摩西离我只有五英尺了,而且他正带着一种我无法阻止的自信向我走来。他那小小的如小猪一般的眼睛坚定地看着我,当他真正走近的时候我发现他的眉毛都被汗水浸湿了。我低头一看,面前一双擦得锃亮的皮鞋,这让我很是吃惊,因为摩西通常都很邋遢,可是今天他的鞋子确实很漂亮。他站在我面前,什么也不说,只是一直看着我。我抬起头,看到爸爸妈妈满脸笑容。我看着摩西说:"你是邀请我跳舞吗?"他点了点头，我站起身，一只手搭到他肩上，另一只手放到他的手心里。他的手汗津津的，还有几处疙疙瘩瘩的。他身上有一股药味，因为他爸爸在附近开了一家药房，他经常站在药房的柜台里。他带着我走到舞池的中央，那儿所有的人都比我们俩要高几头。我一时羞得脸上发热，心里窝火，然而乐队正演奏着我最喜爱的乐曲《再会吧，青鸟》。我随着曲子旋转了起来。

三、战争结束了

1. 金枪鱼、玉米和好时巧克力之吻

我和一群满怀期望、穿着印花薄绸裙子、总是咯咯笑着的女孩子们，在利顺德饭店的台阶上坐了好几个小时，等待着胜利者的到来。战争结束了，听说美国海军陆战队第三军团正在来这里的路上。他们是从瓜达卡纳尔岛、硫磺岛和关岛赶来的，这些地名我们读起来都挺费劲。现在城里的男孩数量要大大增加了。我沉浸多年的单恋现在可以成为过去了，它已经被列为童年的传说了。我也准备体验真正的爱情了。

8月的天气潮湿闷热，衣服粘在我们汗湿的身体上，痒痒的。我们像长颈鹿一样伸长脖子望着大街拐角处和街边的树丛。但是好几个小时过去了，维多利亚道上只站满了看热闹的人，大多是热切的青春少女。人群中也有一些男生，他们大都紧紧地倚在树干、栅栏或墙上，似乎是意识到他们的绝对统治时代要结束了。我们都被裹在战争这个蚕茧里，渐渐地长成了少男少女。我们整天局促不安，关注的却是我们性征上的新变化，而不是战争的危急。现在和平突然到来了，新的联盟也会有新的爱情。

"他们来了，他们来了。"人群中嘈杂的声音越来越大。我们湿湿的裙子已经变硬了，紧紧地裹着我们充满渴望的身体。"他们来了。"

最先出现的是庞大的坦克，就像巨大的天神，费了半天劲才把刚刚变得安静的人群分开。旋转的爆竹在我的头上炸响。我尖叫着，扯着自己的衣服，同时突然想象着像某些古老宗教仪式那样屈膝下跪。我握着一个朋友的手，感觉到她的手指甲扎进了我的手掌心，而且越扎越深，直至血像小溪

美国海军陆战队进驻天津

一样流了出来,但是我却没觉得疼。

我们的那些偶像们站在坦克上,穿着深棕色的卡其布军装。他们毫无约束地唱着歌,把帽子扔向空中。只要有勇敢的年轻女孩想要爬上那神奇的坦克,他们都会弯下腰伸手抓住她们。

我穿过一群尖叫的女孩,跑向行进中的坦克队,期待着能被抓上去,能够和那些还散发着新鲜的战争气息的制服更靠近一些。我摸着那冰凉的、跳动着的钢铁,听到从里面传出来的匀速的隆隆声。一个声音大声喊着:"接住!"有什么东西在午后炎热的空气中一闪而过,直落到我的手上。我周围满是闪着银光的东西,有一个软软地落在我的手里,另一个则很坚硬,边角分明。

我拿到了一罐金枪鱼,一罐奶油玉米,还有好时巧克力。一个年轻的士兵,那张脸长得像罗纳德·考尔曼(Ronald Coleman),又像蒂龙·鲍尔(Tyrone Power),甚至就像所有有魅力的电影明星合在一起,正咧着嘴朝我笑。他的笑容是我见过的最美丽的笑容。"再来一点。"他喊着,我也尖叫地回应,"再来,再来,再来。"一块块好时巧克力如雨滴般向我投来,我也几乎被那些飞过来的罐头砸到。

2. 离开

1948年11月11日,许多人聚集在河坝上,看着我们这些即将踏上前往美国的漫长旅程的人们。我们将登上一艘坦克登陆舰,先从天津到青岛,然后再从青岛搭乘"巴特勒将军号"(SS General Butler)轮船向东,前往加利福尼亚州。整个行程需要多长时间还不确定,据报道说,太平洋上气候很反常,波涛汹涌异常,还有传言说会有风暴。

那是一个昏暗的冬夜,雾气蒙蒙,大半个码头都看不大清楚。聚集的人们都很安静,说话的声音压得低低的,走动都很缓慢,仿佛每动一下都备感痛苦,仿佛要想方设法保存精力。旅客们将手提箱和行李箱紧贴在身边放着,有的甚至躺在他们的行李上。亲戚朋友们如同无声的卫兵,孤寂地守护在这些沮丧的人们身旁,紧紧地形成了一小群一小群的保护圈。留下来的人们命运如何,谁也说不清,我们这些要离去的人们的命运也一样不确定。在这样的情景下还能说什么呢? 只能亲眼见证事情如何发展。

我坐在我们的行李箱上,是那种打开后分隔成两半的行李箱。妈妈和我在里边塞满了衣服、床上用品还有纪念品。妈妈就站在行李箱的旁边。行李箱里有我的日记,有我以前用纤细的手写的作文,我画的所有的水彩画,还有我浅绿色的锦缎中式上衣和我高中毕业晚会上穿的粉色乔其纱裙装。行李箱还装着父母结婚时别人送的水晶饰品,还有雕刻着复杂的图案、看上去像一个篮子的银花瓶,还有沙皇尼古拉二世送给我祖父的那本厚厚的书。总之,箱子里装着我19年来的生活。

只有那些守卫着庞大灰色坦克登陆舰的美国海军陆战队的士兵们处于

去北京游玩

兴奋状态。他们年轻、健壮又活泼。他们忙着在码头上发号施令,仿佛这里是又一处战场,而他们是征服这里的英雄。他们正等着让这些耐心等待启程离开的人们上船的命令。这些旅客十分混杂,既有因共产党即将到来而急着回国的美国公民,也有已经获得期待已久的美国入境签证的人们,还有形形色色的寻求政治避难的难民。那些年轻的美国大兵们嘴里喋喋不休地说着,没完没了地抽着烟,蹲在那儿喝着可乐。

除了那些喧闹的美国大兵,周围是死一般的沉寂,我发现我被一股红的热浪所吞噬,而且那股热浪似乎要传遍我的全身。我的内心深处像是有一台发动机在轰鸣,在不停地跳动,有一些声音汇集到一起,渐渐地变强,形成一首歌:"你将永远离开中国了,你是真的要离开了,你……"让我吃惊的是,其他的人似乎都听不见这歌声，也没有人注意到我。这歌声是那样的动听，那样的诱人，以至于我完全忘记了我和妈妈正要离开爸爸，根本不知道他是否还能到美国和我们会合。因为他的肺叶上有一点小阴影，美国使馆拒绝了他的签证，把他列入"不受欢迎者"的名单里。他们让他等着，等到肺部那个阴影消失，等他完全健康了，他们就会批准他的申请。我知道爸爸现在正站在码头的尽头处，隐藏在雾霭里，那一小块阴影依旧在他的身体里灼烧

我们一家在天津的最后留影

着。他一只手拄着他的马六甲白藤手杖，身子优雅地靠在上边，另一只手则夹着香烟，有节奏地在嘴里进进出出。我努力不去看他，专注于我内心的兴奋不已，那种感觉其实已经不仅仅是激动，也不仅是百感交集与内心的震颤，或是难以控制的激情。我等待这一时刻的到来已经等了很多年了。

人群中一阵骚动，所有人都转向那艘坦克登陆舰。只见它的大门慢慢地打开了，那巨大而又空空的、幽暗的内舱呈现在我们面前。舱门渐渐地放下来，一直放到水面上，在码头和登陆舰之间搭起了一座桥。舱门落到水里时溅起了大量的水花。现在我们可以走进那大敞四开的黑洞里去了。年轻的大兵们马上行动起来，穿过人群，告诉大家如何做，并帮忙搬运行李。

我往前走着，妈妈跟在我的身后，我们很快没入了人群中。我知道爸爸还在码头上，站在迷雾之中，也许他正在哭泣。我没有回头，只是望着大船的深处。我们就像登上挪亚方舟的旅客一样，完全被这艘巨大的舰船所吞没。我没有往回看。我想象着加利福尼亚灿烂的阳光，还有那闪耀着光辉的金门大桥。

3. 4 月 8 日—9 日的英雄

在我的这本书里，我的爸爸在 1949 年 4 月 8 日到 9 日这两天，在华北港口城市天津成为了一个英雄。爸爸没有什么引人注目的惊人壮举，也没有在危急时刻拯救某人，更没有在千钧一发之时有令人敬仰的表现。只是因为在那两天里，他一直保持冷静，自如地应对周围的各种事情。在那一刻，各种历史的力量，陌生人不经意的友善，瑞士驻天津领事乔治先生强烈的个性，以及黄包车夫崔的倾力帮助，汇集到一起，使爸爸成为了这一幕话剧里的中心人物。

爸爸原本是一个谨小慎微、情绪化、容易受到惊吓又很浪漫的人，害怕看医生和牙医，但是他热衷于参加各种聚会，在聚会上通常都会看到他热情而又活力四射地演奏钢琴，虽然偶尔也会走音，他却乐此不疲。在他的身上找不出任何英雄气质，但是就在那个 4 月的两天里，我确信他成为了一个英雄。

1949 年初的天津租界就像一座鬼城,外国人在前一年就几乎都走光了,因为他们得知一个新的政权就要进驻天津了。当时,天津城正紧张地等待着他们新的统治者共产党。因为没有苦力工人清洗,欧式的白色大理石办公大楼都已经变成灰色的了。第一眼看上去,天津城的这片地区就像一个欧洲资本主义城市一样,几乎没有什么中国城市风格的痕迹了。而就在租界以外,仅仅几英里之遥,中国城区遍布着狭街窄巷、脏兮兮却又五颜六色的露天市场,还有污水沟以及挤满了人的楼台戏厅。更远一点,也就两小时的车程之远,就是北京的紫禁城和中国的长城。

游览紫禁城

当我爸爸需要正式文件办事的时候,他得去天津犹太人协会办理。当时,天津英国人的官方机构设在雄伟的戈登堂,那是建在维多利亚花园里的一座城堡式建筑,法国的官方机构则在法租界的一幢漂亮的大楼里,而犹太人组织的办事机构却是在一座散发着霉味的建筑中的二层楼房里,这很清楚地表明我们犹太人在这个城市的国际机构等级中处在低下的位置。

爸爸的那段非凡经历发生之时,天气已经有了初春的迹象,但早晨依然如冬天般寒冷,中国也处在一片混乱中。当时,大街上没有什么车来往,电厂的经理们要么躲了起来,要么就是被进驻厂里的人给枪杀了,因此夜晚街上没有路灯,人们在家里只能点蜡烛。另外,有好几周连续停水。

由于管理人员都跑了,天津的行政系统几乎无法维持。贪污贿赂肆行无忌,主管者不是冷漠的麻木不仁,就是毫无意义的谨小慎微。人民被漠视,人民的请求被随意地拒绝,公文到处丢失,管理者任意做出决定或者根本不做决定。

有好几个月,爸爸就在那些存留下来的机关部门之间来回奔走,企图能找到那个可以发给他出境签证的负责人或办事处,但是都没有结果,一直尽力帮助他的乔治先生做出种种努力,也同样毫无成效。这一切都始于1948年11月,当时妈妈和我乘坐美国海军的舰船去了青岛,再从青岛乘坐"巴特勒将军号"轮船前往旧金山。爸爸的肺部发现的一小块阴影使他成为了美国"不受欢迎的外国人",他们拒绝给他颁发签证。

从那年11月起,我的爸爸——一个俄国犹太难民,就和玛丽姨妈夫妇还有姨妈的公公住在了一起。爸爸睡在一张行军床上,钉在墙上的一根绳子上挂着一条毯子,将房间分隔开,他的两只手提箱很仔细地装好,放在行军床下,时刻准备出发。姨妈的公公就睡在离爸爸三英尺远的一张红色天鹅绒长沙发上。这位老人睡觉时总是鼾声咳嗽不断,吵得爸爸无法入睡。老人曾是俄国军队的骑兵,每当重大场合常常会穿上他的军装。现在,他的军装已经被磨得光光的,有的地方破了,金色的肩章还挂在上面。他通常用一个细钢衣架把军装挂在沙发的一头。

餐桌一直摆放在房间的角落里,上面铺着白色的提花桌布,桌子上总是摆放着四套餐具,中间则放着一个亮闪闪的水晶碗,那是玛丽姨妈结婚时收到的礼物。从前,这个水晶碗里总是放满了各种水果,有多汁的冬梨、圆圆的樱桃,还有来自遥远的佛罗里达的甜橙,但是现在碗里什么都没有。

每天下班之后玛丽姨妈都要去排很长的队,希望能给这一小家子人买到些水果或者蔬菜,但是这些东西已经越来越难买到了。他们的仆人"苏"(Soo)[我们都叫他"博伊卡"(Boika),是俄语里"伙计"的称谓]每天都去可能买到家禽或者鱼的地方排队，但这些东西实在太少了。肉类更是好几个月都看不见了。克森士道（Cousins Road）①和达文波道交口处的那个有弧形玻璃顶的市场已经空了。从前，那里的摊位上摆满了新鲜的食品，笼子里是待宰的鸡，水箱里是等着被杀的鱼。冬天的时候，市场外还会有卖烤白薯的，甜甜的白薯在烤炉里火红的煤炭上烘烤着。

现在，全家人都时刻留意去抢购任何他们能找到的商品。经常会有传言，什么德租界可以买到肉，或者是怡和洋行仓库有茶叶卖，虽然受潮了但是还能喝。爸爸在那个4月里最大的收获就是找到了一整磅打折处理的白糖，尽管那些糖已经受潮了，而且里边还掺着沙子。博伊卡不得不用爸爸从我们家拿过去的旧铁筛子在院子里把这些糖都筛了一遍，比起用煮稠的白薯充当甜味剂来，这些白糖的味道毕竟好多了。

浴缸以及其他一切能用的器皿都用来储存水。蒸锅、旧的夜壶、各种瓶子，还有精致的银底座水晶玻璃瓶以及景泰蓝花瓶里，都装满了这些宝贵的液体。每一滴水都要一再地重复利用，直到最后用来浇灌那些还活着的植物。当这些容器里的水量少到令人担忧时，苏就会想办法去找更多的水。没有人问他是从哪儿弄来的水，经常会有关于偷水的传言，最好的办法就是不去问。

当然，家里每个人还是要按部就班地生活。玛丽姨妈和爸爸每天都去各自的办公室，尽管他们供职的机构实际上已经处于停顿状态。姨父则每天出去努力谈生意，但是已很少有什么东西可以买卖了。他是一个商人，一个企业家，巧妙地抓住时机，贱买贵卖。中国紫貂皮、核桃、手工雕刻的象牙饰物、军火、玉耳环，总之一切在市场上能找到的东西他都可以买卖。现在，大街小巷寂无一人，但姨父依旧穿行于咖啡馆和办公室之间。姨妈的公公则是打打盹，咳嗽几声，或是去公园小坐，有时候他也会穿上军装，炫耀一下他的肩章和奖章。博伊卡则负责做饭、洗碗、寻找食物，必要的时候去偷些水，还要打扫房子。有时候他会消失一阵子，到租界外的老城里去看望他的

---

① 今开封道。

妻子和孩子们。爸爸每天都在等着消息，想知道他最终是不是能离开中国，什么时候才能离开。

4月8日这天早晨，爸爸早早地起了床，轮到他先用唯一的洗手间了。浴缸里的水已经很少了，他不得不放弃刮胡子的想法。博伊卡为他送上早餐：一个炒蛋，一根中国的果子，也称油条，还有茶。他在4月微凉的清晨出了门。合欢树正开着花，散发出一种难闻的霉味。街上一个人也没有，爸爸很快从圣路易路经过维多利亚道上那非常壮观、前有廊柱、现在空无一人的英国银行和法国银行，再走过达文波道上的露天市场，最后来到马厂道①上的瑞士领事馆。途中他还经过了留给他太多回忆的维多利亚花园。

在过去的那些年，他曾漫步在花园里，两座红顶凉亭在落日下闪闪发光，照得他睁不开眼。俄国保姆和中国阿妈们在那儿看护着她们年幼的欧洲小主人们，小心地让他们远离沙坑，保持干净。现在那儿已经荒废了，花圃里长满了野草，凉亭顶上的图案开始剥落。

领事馆办公室在二楼，是整幢楼里唯一还在办公的地方。高高的天花板，巨大的凸窗，还有深棕色的红木办公桌。爸爸已经为瑞士领事乔治先生工作15年了，但他们彼此还是以姓氏尊称，而且他们对彼此的私生活都不很了解。

当爸爸进去时，乔治先生和他的助手索伦森(Sorenson)小姐已经在那里了。他们两人都是又高又瘦，棱角分明，都穿了一身黑色的衣服。屋子里很安静，电话也很少响起。

乔治先生一直在等着关闭领事馆的通知。与此同时，领事馆的工作还照常进行，而且剩下的领事馆人员还希望看上去显得挺忙。早在两个星期之前，办公室里的气氛就开始变得悲观又沉闷。茶水常常带咸味了。索伦森小姐打的文件里总有许多错误。连乔治先生偶尔也会显出焦躁不安的样子，这与他平时做事非常严谨、很能自我克制的状态非常不一样。

领事馆的杂役小王送来了早茶，还为泡茶的水不够好而道歉。乔治先

---

① 原文误为 Marchand Avenue。

生似乎没听到他的道歉，他的目光从他身上转开，走进了自己的办公室，关上了门。透过门上的毛玻璃，爸爸看到他正慢慢地踱着步。索伦森小姐一直不停地打字，一边把打错字的纸扔到纸篓里。爸爸一遍遍地整理着那些早已经离职的人们的档案，只有这样他才有点事做。办公室里只能听到团成团的废纸扑扑地落进纸篓的声音，还有索伦森小姐偶尔发出的叹息声以及乔治先生在他的办公室轻轻踱步的声音。

隔壁的办公室已经都空了。高地兄弟包装公司（Highland Brothers Casing Company）还有温加藤饰品公司（Weingarten Novelties），这些都曾经是生意兴旺一时的公司，在几个月之前都关闭了。他们的货箱整整齐齐地码放在走廊上。温加藤公司的货箱四面都标有"易碎物品"的标志，箱子上写着收件地址是澳大利亚墨尔本，而高地兄弟公司的棕色长箱子上则指明要寄送到加利福尼亚的帕萨迪纳。箱子上没有贴邮票，也没有人来搬走，它们被遗忘在走廊上已经有好几个月了。

12点钟的时候，爸爸要去吃午饭，我们的黄包车夫崔如往常一样在门外等着接他回家。午饭时间通常是从12点到1点。尽管已经没有必要继续执行这严格的工作时间表，但是乔治先生还是坚持要按制定的规则办事。他坚信只要规则能坚持执行下去，就是文明社会。

尽管崔已经不再是我们家的车夫——从前他总是接送我上学，或者接送妈妈去俱乐部——尽管他能够而且已经找到了其他的活干，但是他还是每天中午准时到领事馆来接爸爸。崔和爸爸认识很多年了，而现在，当他们所熟悉的那个世界在他们身边坍塌的时候，他们似乎都很依恋彼此的这种关系。爸爸对崔的私人生活了解不多，只知道他有老婆，还有两个孩子，他们一起住在我们家的地下室里。我们很少见到他的家人，只有在每年圣诞节他们都出来领取每年的礼物时才能见到。但是崔由于和厨师之间的关系密切，他肯定很了解我们一家。除了跟他说送我去哪儿之外，我不记得我跟他有过任何的交谈。

等爸爸坐上车，崔就用他那干瘦但结实的双臂拉起车把，飞快地跑向圣路易路上的公寓楼。在爸爸的意识里，他可能会继续在中国流亡，孤单地生

崔送我去俱乐部

活在那里。他可能会永远呆在这依然陌生的国度吗?来这里并非他的选择,而是历史的原因所致。坐在车里,爸爸就像多年来一样能听到崔拉着黄包车奔跑时发出的有规律的喘息声。

当他们停在房子门口的时候,爸爸已经泪流满面了。他走下车来跟崔说,他是他在中国唯一的朋友。崔肯定也是这么想的吧?他为我们家干了很多年,和他的家人一起静静地住在阴冷、黑暗的地下室里。我常常听到他说对我们表示"感谢",因为其他多数的雇主都不提供住处。三伏天里,他汗流浃背地用黄包车拉着我们去往各处,脖子上搭着一条起不了什么作用的湿毛巾。冬天下雪的时候,他拉着我穿行在积雪中,而我坐在他后面的棉车篷里。这个即将被他的同胞们解放的大字不识又有些狡黠的农民,这时也抓住我爸爸的手,强忍着抽泣,猛吸着他的鼻子。

爸爸的午饭就吃了些面包,喝了点茶,其他也没有多少可吃的东西,他也不觉得饿。那位老爷子在沙发上打着盹,和往常一样又咳又喘。后来,他就是因肺结核而死去的。家里没有其他人。爸爸还想再喝一杯茶,却发现没有多少水了。他觉得很沮丧,所以在 1 点之前就回到了办公室,呆在那儿会让他感觉比在家里更轻松一些。

慢吞吞的下午工作又开始了。小王送进来几封信,但是没有爸爸的。乔治先生的信里也没有爸爸关心的消息。乔治先生几个月来一直努力通过瑞士大使馆和国际红十字会帮助,促进爸爸实现他去美国的计划,但是这些努力都没有什么结果,因为没有人与新的政府机构有联系。从前,乔治先生在国际组织和中国团体中都很有名望,办事都很顺利,按程序进行。可是,这些旧有的、应付自如、能够通畅无阻获得帮助的联系渠道此时都中断了。现在,如何才能与严厉、冷漠又外行的政府官员建立联系?他们甚至都不认识乔治先生。午后的阳光透过布满灰尘的窗户微微地射了进来。大家都在喝着那有咸味的茶水,没有人知道小王是从哪儿弄来的水。

下午 2 点 34 分,爸爸平静的世界被一个巨大的爆炸声打破了。他知道——也许是他自以为知道,那是一颗炸弹,但是他说不清那颗炸弹落在哪儿了。乔治先生、索伦森小姐和我爸爸三人一起冲到窗户前。外边根本没有任何动静,大街上忽然都静了下来,整个城市似乎都屏住了呼吸,像是在等待下一声爆炸,然而再没有炮弹落下来。乔治先生和爸爸推测,那是共产党发射的一颗炮弹,投到了离领事馆很远的俄租界那里去了。显然这是一个错误的推断,但却让人心安。俄租界在海河的对面,那里有一座很大的公园,公园里到处都是高大的梧桐树。我们以前经常坐小船去那儿,小船从维多利亚道旁的一个小码头出发,没有固定的开船时间。夏天我们在那儿等船的时候,会买一种用硬纸盒装着的酸乳来喝,那是一种美味、柔滑和酸奶一样的食物,到现在那味道都还在我的唇齿之间回味。

爸爸他们一直等待着,但是再没有什么大的响声了。乔治先生决定那天下午给爸爸和索伦森小姐放假,并要爸爸送索伦森小姐回家,索伦森小姐和她寡居的母亲住在一起。爸爸和索伦森小姐沿着空无一人的街道默默地前行,并在她的公寓门口匆匆地告别。此后,爸爸再也没有见过索伦森小姐。

晚上,全家人坐在一起吃着一顿粗劣的晚餐。餐桌上谈的最多的还是爸爸如何才能离开天津和我与妈妈团聚，什么时候才能离开。那颗炮弹的爆炸很清楚地表明，共产党的军队几天之后甚至几个小时之后就要进入天津了。[1] 玛丽姨妈总是乐观开朗并给人以慰藉，她相信事情总会解决的。那位老人对爸爸的计划一言不发又有些嫉妒，但也不想打破他的希望。姨夫则只顾想着他第二天可能谈成的一笔生意。苏小心地从浴缸里舀出一杯水，默默地将餐具洗干净。然后，他走到院子里，蹲在路边上，一支接一支地抽着烟，一边和其他的仆人们聊着天。

大家都睡得很早。一方面是为了节省蜡烛，另一方面大家也都被白天的事情弄得筋疲力尽了。老人整夜都在咳嗽，爸爸一直没睡着。太阳刚一出来，他就起床了。院子里一个人也没有，通常仆人们都会在雇主起床之前在院子里集合，但今天爸爸起得太早，他们都还没有出来。爸爸感觉到整个城市真的成了一座空城。

没有再发生爆炸，但是所有的人，所有的一切似乎都在等待着。院子中央矗立着一棵高大的垂柳，四周的花圃都已经干枯了。远处传来阵阵怪异又刺耳的中国胡琴声。

爸爸早早地去了办公室，乔治先生还没有到。索伦森小姐的办公桌上整整齐齐的，她不管怎样都会在下班之前习惯性地把桌子收拾整齐。乔治先生很快也到了，他看上去显得有些狼狈，一向整齐无瑕的西服皱巴巴的，还没有打领带。他站在房间的中央，没有说一句话。爸爸正自顾忙乱地整理着文件，清理着已经空了的废纸篓。这时，他眼睛直直地盯着爸爸，毫无表情而又断断续续地告诉爸爸，已经为他安排好了当天离开天津的行程，让他立刻去打包行李，晚上就乘坐"威廉·特尔号"(SS William Tell)轮船前往美国。"这些事今天都必须得办好，"他跟爸爸反复说着，"就是今天，你得快点。"

据爸爸说，他当时听到这个消息，唯一的想法就是要按照乔治先生的指令去做。爸爸一直都很服从乔治先生，忠诚地按照乔治先生的指示去做。

---

[1] 作者这里记述的时间有误，解放军在 1949 年 1 月 15 日就进入天津了。

此时，他也是一样。当他要走的时候，乔治先生又补充说，崔会先送爸爸去圣路易路，然后送他去中国城区找一位马先生。那位马先生会在爸爸粉红色的出境签证上盖上最后一个章，接下来崔会送他去一个叫威尔逊（Wilson）先生的英国人那里。威尔逊先生会带爸爸去大沽口乘坐"威廉·特尔号"。因为海河太浅，大船无法行驶，所以所有远洋客轮都停泊在大沽口。乔治先生到底是怎样做好这些具体安排，又是什么时候做的，直至今天也不得而知。

爸爸走出领事馆大楼的时候，看到崔和他的黄包车已经等在门口了。爸爸那会儿肯定是晕了，他都忘了向乔治先生表示感谢，也没有和他道别。他注意到凸窗边有个人影，看到那是乔治先生正默默地站在窗边。爸爸朝他挥了挥手，但是他没有反应。

当爸爸回到住处的时候，家里一个人都没有。桌上依然摆着四套餐具。他的两个手提箱在前一年的12月份就已经装好了。在天津有个说法，说我们都是"活在手提箱上的人"，就是说我们从来就没有在这异国的土地上扎根。但是我们身不由己，即便我们居住到其他任何地方，那脆弱而又不稳固的根仍然会困扰着我们许多人。

爸爸在20分钟之内收拾好了行李，最后环顾了一下房间，就走下楼了。崔正蹲在他的黄包车旁边吃着油条，看到爸爸这么快就出来了，他犹豫了一下把油条扔进了污水沟里。对于一个经常挨饿的人来说，这是一个不寻常的举动。他催促爸爸赶紧坐上车，用绳子将两只手提箱捆在车后，然后抬起长长的车把，开始跑了起来。

到处都如预料的那样寂静。法租界的街道上几乎看不到人。他们穿过坚固的意国桥到了中国城区。在桥的另一侧，街上都是游逛的人们，一群群人聚在一起大声谈论着什么。崔拉着车穿过又窄又脏的街道和到处堆积着污物的小胡同，污物散发出刺鼻的硫化物的气味。路上到处是坑洼，他总能灵巧而又自如地避开，迂回地前行。爸爸则紧张地坐在车里，不时回头张望，以确信他的手提箱没有掉落。

崔在一栋脏兮兮的四层楼房前面停了下来。他放下黄包车，示意爸爸进去。爸爸走进一个很大的房间,房间有一扇大窗户,窗户上的玻璃有的破裂了,显得参差不齐,破裂的玻璃有的用黑胶带粘着,有的则用报纸粘到一起。曾经很精致的镶木地板现在满是灰尘和污垢。房间里一片嘈杂,但是从中还是能听到拨打算盘的声音和中国北方人说话时浓重的鼻音。

爸爸挤过人群,在柜台上找到一个空,将乔治先生写给马先生的信交给柜台里的人。那个人只是随意挥了挥手,让他去一排椅子那儿坐着等。爸爸是房间里唯一的白人,其他都是些穿着体面、来找关系办事的中国人。他们都闲聊着,没有人注意到爸爸。一个小时过去了,柜台里的那个中国人不是在打电话就是在拨拉算盘,时不时还剔剔牙,偶尔也会看看这一排等待的人们,但从来没有跟任何人有过眼神的交流,只是漠然而又厌烦地扫视一下而已。

墙上的钟停在了 2 点 37 分,但是爸爸瞥了一眼邻座人带的手表,发现已经过了一个小时了。柜台里的那个办事员去到了竹屏风的后边,从屏风后边不时传来阵阵大笑。爸爸实在不能再忍受那硬邦邦的椅子了,他站起身小心翼翼又满怀希望地走近那个柜台。另外一个人告诉他,马先生一个小时之前就走了,当天不会再回来了,让爸爸第二天再来。爸爸小声而又急切地告诉他,他必须得在当天见到马先生。那个办事员很不耐烦,又很恼怒。也许他要炫耀他的新权力,迫切地想要看到白人绝望的样子,只见他小心地拿起一根牙签,在他的两颗大金门牙之间来回地剔着。他望着爸爸头顶那块天花板上的某一处,好像显得很出神的样子。过了好长一段时间,爸爸一直倚靠着满是尘土的木柜台站着,这会儿他的双膝不停地抖着,全身都是汗。最后,那个男人终于瞥了爸爸一眼,掸了掸柜台上的灰尘,告诉爸爸去212 号房间。

212 号房间在三楼,是间很小的房子,有点像牙医的候诊室。一张矮桌子上放着几本旧的《国家地理》杂志,还有一本破旧不堪的 1936 年春季号蒙哥马利－沃德百货公司的商品名录。屋里没人。终于,有一个年轻女人走了进来,拿着乔治先生写给马先生的信进了旁边的一个房间。还没有等到爸爸着急,她就走了回来,手上拿着一张粉红色的出境签证,用颜色艳丽的封条缠着,上边盖着许多醒目的印章。没有任何的问题,没有谈话,甚至都没怎么等待,签证就拿到手了。爸爸还没来得及说声谢谢,那位年轻女士已经转身离开了。

外面天色已经暗了下来,傍晚柔和的空气中混杂着蜡烛燃烧的气味和污水的臭味,房子之间的晾衣绳上挂着洗好的衣物,摆来摆去。孩子们在污水沟里大小便,大人们坐在门廊上端着米饭在吃,筷子敲打在碗上发出叮叮当当的声响。崔一直在大楼外等着,紧靠在黄包车边蹲着,保护着爸爸的行李,端着一碗米饭吃着。爸爸坐进黄包车里,他们的眼神交换了一下,崔就明白事情都办成了。

崔用力地迈着大步拉着车出了中国城区,回到了维多利亚道上。他知道他得跑快点,要准时将爸爸送到下一个地点。崔、爸爸还有黄包车成了一个整体,目标明确地迅速向前,去执行之前定好的计划。穿过维多利亚道的时候,爸爸又想起了那些高大而又威风凛凛的锡克人,穿着制服,通常八小时一班,守卫着英国银行。

他们在利华大楼门口停了下来。爸爸不记得他有没有跟崔说再见,他们也许有眼神的交流。那天晚上,除了这些没有任何其他无关的举动。崔拐过街角,消失在夜色中。

利华大楼那时是天津最漂亮的办公楼,也是天津最高的楼,共有 11 层高。但是现在,楼里几乎也都空了,只有两扇窗户还透着昏暗的灯光。电梯已经不能运行了,所以爸爸不得不爬上六层楼来到当时已经关闭的美国使馆的办公室。爸爸从未见过的威尔逊先生,一个身材高大、面色红润的英国人,正在那里等他了。

威尔逊先生一见爸爸,说的第一句话就是:"乔治先生送你来的,是吧?你要知道,送你离开这儿确实要费点事的。"夜色渐渐地深了,他又问爸爸要不要来杯朗姆酒。除此之外,再没有说过什么话。

威尔逊先生打着盹,不时从酒瓶里倒一杯朗姆酒喝。爸爸则翻阅着旧的《生活》杂志。他突然想起没有给家里留个信告诉家人他走了,现在也没法通知他们了,因为家里没有电话。他只能希望他们发现手提箱不见了的

左后方为利华大楼，从 1939 年起美国驻津领事馆设在该楼内

时候，能猜到发生了什么事情。

到了八点钟，威尔逊先生忽然跳起来说："我们走吧。"他们沿着楼梯往下走，楼道里灯光昏暗，许多地方甚至漆黑一片。楼门外停着一辆美国吉普车，开车的是一个说话带法国口音的男人，他自称是杜尚（Duchamp）先生，爸爸也不认识他。

他们驱车去了海河岸边的河坝。那里曾经是繁忙的仓储中心，货物在那里装上小船，然后送到海口，装上远洋货轮。现在那儿已经被废置了。杜尚关掉了吉普车的车灯，借着月光，爸爸看到那边有一群人，他们显然是在等威尔逊先生。威尔逊先生起身下了车，转过头来对爸爸说："这些是往'威廉·特尔号'上装货的装卸工，你就跟着他们走。"

那是一群年轻的白俄，身材魁梧又健壮，每个人手里都拿着一瓶伏特加。他们一个个精神饱满，满口脏话，行为粗鲁，没有人注意爸爸和他的两只手提箱。那天，好像所有人都串通好了，不必多说就把爸爸从一个地方送往另一个地方。

144

　　威尔逊先生招招手，让爸爸进到一个看上去既可怕又荒凉的空仓库里。仓库的门前还横挂着一块"怡和"的牌子。爸爸想起这当初是一家规模很大的运输公司，是工业界的巨头。爸爸好容易才看清那些是码放整齐的大货箱，等到他点亮了打火机，才发现那些箱子是要运往墨西哥和美国的，但是不知道里面装的是什么。

　　坐在一个印着"加利福尼亚，帕萨迪纳"的货箱上，爸爸可以看到海河，还能听到小船偶尔与停靠的码头相碰撞发出的"啪嗒啪嗒"的响声。他想起曾经和我走过这条远离主干道的小路，在我累了的时候把我背在背上的情景。他坐在那儿，还有他的两只手提箱，就这样等着。后来他告诉我，他当时曾经想，威尔逊先生也可能不会再回来了，那些俄国装卸工们也许喝醉酒之后开玩笑，不带他就走了。

　　时间一点点过去，爸爸开始打起瞌睡。他一根接一根地抽着烟，小心翼翼地掐灭烟头，把它们堆成一堆。忽然，威尔逊先生出现在他的面前，跟他说："该走了。"爸爸跟着这个高大的英国人走出仓库，到了码头上，已经有一艘驳船等在那儿了。那些装卸工们这时都已经醉得很厉害了，他们幸灾乐祸地用手指彼此戳弄着，嘲弄着犹太佬，可劲地讲着反犹太人的笑话。他们看到爸爸后，爆发出一阵青少年所特有的那种刺耳的大笑。

　　从黑暗中走来一位中国官员，拿着一个笔记本，封皮上印着"美国政府财产"的字样。他也许曾在美国使馆工作过，然后就把这个本子"没收"了。笑声停了下来，那个官员要求看证件，威尔逊先生叼着雪茄，不慌不忙地拿出一张装卸工的集体身份证明。

　　那个官员乜斜着眼，怀疑地看着爸爸说："这个人不能上船，他不是他们一起的。"威尔逊先生出示了爸爸粉红色的出境签证，那名官员并不为之所动。那帮俄国人蹲在那儿继续喝着酒，他们没有再笑，这个意外让他们清醒了许多。威尔逊先生叼着烟，又出示了另外一份文件，那名官员还是不同意。

　　威尔逊先生和那个官员一起离开了人群，尽管隔着一段距离，还是能听到威尔逊先生响亮而又沉稳的声音，还有那个官员尖细而又发怒的声音。

他们至少谈了二十分钟，爸爸就在那边耐心地等着，没完没了地抽着烟，依旧将烟头堆成一小堆。最后，威尔逊先生走到爸爸身边说："现在可以走了。"那些俄国人跳了起来，他们的能量又恢复了，又突然唱起歌来。威尔逊先生转身消失在朦胧的夜色里。

夜空中可以看到几颗星星在闪烁，一弯新月散发出微弱的银光。驳船发动了起来，发出轰轰的声音，开始出发向"威廉·特尔号"的方向驶去。海河渐渐变宽，一直通向大海。爸爸眼睛睁得大大的，搜寻着轮船的踪影。但是漆黑的夜色和雾气遮住了他的眼镜，他什么都无法看清楚。他也没有问那些俄国人是否看到了轮船，他们都醉得太厉害了，没法给出真正的答案。站在驳船上，面对着大海，爸爸觉得很是孤独。

过了一会儿，发动机停了下来，波浪哗哗地拍打着驳船的两侧。没有看到货轮的影子，驳船就在水中摆来摆去。有小鸟在夜空中飞来飞去，黑色的影子在洁白的月光中一掠而过。天很冷，爸爸想从箱子里拿件外套，但是箱子放在船的另一头，他不想穿过摇晃的驳船走到那头去。他们就在那儿等着。

终于，在转弯处出现了一艘船的船头，隐隐约约地停在大约 1/3 英里远的水面上，灰色的船身显得异常庞大。那群俄国人知道他们夜间的工作就要开始了，都做起了准备。

驳船终于停靠在"威廉·特尔号"宽大的灰色船身旁边，爸爸抬头看着那他必须要爬上去，似乎又高不可攀的灰色船壁，心又沉了下去。他常常会犯头晕还恐高，他想也许无法完成这一最后的挑战，但他又为自己这种想法而感到恼怒。货轮的甲板上站着几名水手，正倚着栏杆往下看着这摇晃的驳船。爸爸能听到他们短促的英国腔和不时发出的阵阵笑声。

从货轮上放下来一架细细的钢梯，来回摆动着。一个深色头发的装卸工一把抓住钢梯，递给爸爸，然后把他那美国海军帽往后一推，拍了拍爸爸的大腿，扯着醉醺醺的大嗓门说："好了，犹太佬，爬上去，去往自由的地方吧！"等爸爸回过神来的时候，发现自己已经站在钢梯的第三级阶梯上了。那些俄国人正一边大声辱骂着，一边又用粗野的声音鼓励着他。

满怀着恐惧和成功的希望,爸爸就在他们的嘲笑和激励之下,一步一步地往上爬着。大概爬到那高大的钢铁巨轮一半的时候,他停了下来,但是有人在后边狠狠地拍打着他的屁股推着他往上爬。等到爸爸迈过轮船的栏杆上到甲板上时,才发现是刚才那个装卸工扛着他的两个手提箱跟在他的身后。那个装卸工把爸爸的箱子往甲板上一扔,一句话也没说就又爬了下去。爸爸往下看去,只见他搬起一个货箱放到肩膀上,又飞快地爬上了钢梯。随着干活节奏越来越快,那些装卸工们大声地唱起了俄罗斯歌曲。

离开天津时的爸爸

船上也立刻忙了起来,英国水手和官员们大声指挥着那些装卸工。爸爸是这个繁忙热闹的漩涡里唯一站在那没动的人,静静地守着他的箱子,没有人注意到他。他又一次觉得他几乎无形地穿越别人的世界,去往自己命定的终点。

这时,一位穿着整洁的蓝色军服的年轻海军上尉来到爸爸的跟前,用他那清脆的英国口音说:"欢迎乘坐'威廉·特尔号',我带您去您的客舱。"他那略微有些大的蓝色宽檐军帽下露出金色的头发,整齐潇洒,举止礼貌。一路上,几个水手都利落地朝上尉敬礼。也许他应该迎接爸爸去英国的乡间别墅喝傍晚茶,而不是带着爸爸走在这将要悄悄地驶过黄海、光线昏暗的货船里。爸爸跟着他穿过狭窄的走廊来到一间雅致的特等客舱,客舱的桌上放着新鲜的水果,还有一瓶威士忌。

洗手间里的水龙头闪着亮光,爸爸打开一个水龙头,一股清水涌了出来。爸爸终于放声大哭起来。

4. 向希望之乡致敬

"这是我们最后一次逃亡了,"爸爸跟我说,"真的最后一次。从两次革命中逃亡的经历对任何一个人来说都足够了。我经历的已经超出我的承受能力了。我们就待在这儿了。"

在我和妈妈抵达美国六个月之后，爸爸终于和我们团聚了。他搭乘"威廉·特尔号"，先到达圣地亚哥，然后到了旧金山。我们一家人终于又在一起了。

我们在凡尼斯大道(Van Ness Avenue)1831号的一间公寓里安置了下来。房东博萨克(Bosak)太太也是俄国犹太人，她是1945年战争结束时和另一批俄国犹太人从中国逃到旧金山的。尽管我们来自不同的中国城市，但是她却把我们当作失散多年的亲戚一样热情相待。她赶忙将她的两间居室给我们腾出来一间，但她的许多纪念物还保留在房间里，一只涂着橙色油漆的箱子，一个没有头的玉石雕像，还有一些她家人的照片。我们也把我们一家人的照片摆放出来，于是博萨克家族的幽灵就这样和我们一家人在房间里对面相视着。

厨房很小，窗子上挂着从"彭尼廉价商品店"(Penney's Bargain Basement)买来的花窗帘，我们和博萨克太太就一起在这开伙做饭。妈妈和博萨克太太总是煮一锅红甜菜罗宋汤，还做大堆的土豆沙拉。博萨克太太的丈夫不久之前去世了，她说我们是上帝给孤独的她送来的礼物。

最初的几个月，所有的一切都让我觉得既惊奇又喜欢，夜里会发出嗡嗡声的闪亮的白色冰箱，家门外宽阔的凡尼斯大道，沿着鲍威尔大街(Powell Street)向下滑行的电缆车，还有海岸边仙境乐园里的旋转木马，它那弯弯曲曲的轨道把我搞得气喘吁吁。我对新发现的词也感兴趣，比如说"墨菲隐壁床"(Murphy bed)、"普尔曼式厨房"(Pullman kitchen)①、"市中心区"(downtown)，还有"廉价杂货店"(five—and—ten)②。我发现药店(drugstore)不仅仅是卖药③，我还成了凡尼斯大道和百老汇大道交口那家丹尼弗药房(Danevi's Pharmacy)的常客，我总是随意地去那里买上面加满了各种

---

① 一种装置紧凑的小型厨房。
② 美国出售廉价小商品的杂货店，因其早期售卖的商品价格均为5～10美分而得名。
③ 美国的drugstore(药店)，除了卖药还兼售软饮料、化妆品、杂志等。

东西的圣代冰淇淋。

一个月后,通过旧金山的俄国犹太人组织的联系,我在维特金饰品公司(Vitkin's Novelty, Inc.)找到了一份打字员的工作。那是一家售卖基督教宗教摆设品的公司,老板叫约瑟夫·维特金(Joseph Vitkin),也是个犹太人,在中国时便认识我们一家人。他也是十年前来到旧金山的,按他自己的话说,是"陷在宗教摆设品生意的坑里了"。在他的领导下,维特金饰品公司生意做得很兴旺。

"维特金饰品是城里最劣质的宗教垃圾,"我上班的第一天,一个嘴里吹着泡泡糖的推销员跟我说,"让一个顶级推销员去推销这种垃圾。这完全是为了生计而已。"他冲我眨了眨眼,把手搭在我肩膀上,还一直搭在那儿。透过薄薄的衬衣,我能感觉到他手上的老茧,我肩膀一甩把他的手抖了下去。"好了,小女孩,又不会有什么损失。"他说着话,吹着口哨溜走了。

维特金先生安排我在对着德鲁姆大街(Drumm Street)的一间没有窗户的里间屋里打字。那天早上,我所在的房间里堆满了标有"花瓶,易碎品"的箱子,我被夹在高高的两大摞办公文件中间,尽管如此,我确信这只是一份临时的工作,等一切都安顿下来,等爸爸找到工作,一切就会好起来的。

一天,有几个推销员没来上班,维特金冲着周围的人叫嚷了起来:"这些美国人! 都是懒鬼,都靠不住。只知道出去找乐子,一点责任感都没有。"这时,他看到坐在角落里的我,便朝我大声说道:"叫你爸爸来我这儿上班吧。我知道他是个可靠的人,他是我们当中的一员。"

吃晚饭的时候,我跟爸爸说维特金先生要他去公司做推销员。"卖宗教小饰品? 挨家挨户上门推销? 这要我怎么做啊?"爸爸说。

"这只是暂时的嘛,以后会找到好工作的。"妈妈说。

"大家会怎么想? 我,一个推销员,挨家挨户地上门推销? 我一个犹太人去卖基督教的宗教饰品? 也只有在美国才会发生这样的事。"

"那我们就可以在同一间办公室工作了,"我恳求道,"如果这份工作你能做得了的话,我也许就可以不用干那份工作了。那是间不错的办公室,真的。"为了让他相信,我大胆地夸大其词,撒了个谎。

爸爸犹豫了一下，目光从我身上移开，耸了耸肩膀。我知道他很不愿意看到我成了家里唯一挣钱养家的人。他想让我成为一名学者，一名作家，一名音乐家或一名老师，而不是德鲁姆大街上坐在昏暗的里间屋里的一个打字员。他心里满是痛苦却说不出来，只好大笑了起来。"为什么不呢？在这希望之乡总要有个开始的。干杯！"我们举起装满橙汁的杯子互相敬了一下。

博萨克太太擦了擦眼泪说："我的所罗门要是看到这一幕一定会很开心的。一个成功的故事，一家有两个人工作。"

"敬所罗门，愿他安息。"妈妈说着，和博萨克太太两人泪流满面地拥抱在一起。

"在美国，一切皆有可能。"爸爸说着又给我们的杯子里倒满了橙汁。

第二天早上，我们搭乘鲍威尔街的电缆车去上班。爸爸对电车如此快速感到惊讶，又担心机械不安全。我让他放心，告诉他我们不会被甩出轨道的。他就像一个天真的孩子，又兴奋，话又多，一副精力充沛的样子。

他向售票员夸耀道："这是我的女儿，她可了不起了！她是一个合格的职业介绍人。她在这个神奇的国家给我找到了第一份工作。我今天是第一天去上班。"

售票员看上去有点厌烦，低声嘟囔了几句，又继续他的工作。我做的这么一点小事就让爸爸这么高兴，这让我觉得有一点尴尬。我只是传达了维特金先生的口信，难道他不知道，他为我而感到骄傲是搞错了，我纯粹是出于自私才这么做的吗？可是，他还在继续向其他那些完全不感兴趣的乘客夸耀着我。我羞愧得浑身不自在，直到我们最终到达德鲁姆大街和市场的交口时我才稍感释然。

每天晚上，爸爸都会跟我们讲他被指定的那片销售区域。那是一个叫"猎人角"(Hunters Point)的杂乱的住宅区。那些三层小楼墙上涂的彩绘颜料已经脱落很久了，只裸露出泥土色的墙皮。那儿的居民主要是黑人。爸爸告诉我们说，那一带街区环境很糟糕，排水沟没有人清理，路面坑坑洼洼，成群的野狗到处游荡。爸爸就这样提着箱子穿过那些狗群，还有乱蓬蓬的火棘灌木丛，走过在街上玩球的小孩子和慵懒地靠在墙上的少年们，挨家挨户地上门推销。

"那儿到处都是垃圾，过道里的灯光很昏暗，台阶又很滑，我必须得留意着脚下以防摔下去。不过，我还是很感激维特金先生能给了我这个开始的机会。这只是开始而已。"爸爸说。

每天早上，他都有条不紊地整理着他的货物，用旧报纸把盘子、烟灰缸还有花瓶小心地包好，手表和耳环则用厨房的毛巾包起来。每一件物品都有一个宗教装饰图案，汤碗上印着颜色鲜艳的"最后的晚餐"；台灯灯座是一个被钉在十字架上的耶稣的雕像；灯罩上则是圣母玛利亚抱着婴儿耶稣的图画。灯一点亮，年幼的耶稣看上去脸色发青，有些病态；耳环上则坠着假的金十字架。

"人们竟然会买这些玩意儿，太不可思议了。"当他盖紧他的手提箱准备开始一天的工作时，摇着头说道，"我昨天卖给一位女士六个汤碗。一个星期要花1元5角来买这些垃圾。有时候我觉得我这是在欺骗他们，但是维特金先生和我说，黑人们长期生活在迷雾之中，不能真正明白他们自己的处境，我们是在帮他们，给他们送去点亮他们生活的物品。我不知道是不是这样，我真的不知道。但这是一份工作，是我在希望之乡的第一份工作。"

"你很快就会找到更好的工作的。"我保证说。

"当然，没必要担心。"他满怀勇气地说道。

外面一阵汽车的喇叭声打断了我们的谈话，是每天都来接爸爸的那个资深推销员。爸爸提着箱子匆忙地冲向门外，两边胳膊下还各夹着一个"耶稣台灯"，灯座上罩着褐色的纸袋以防雨水把灯淋湿。那个资深推销员，也就是在我上班第一天的时候冲我挤眼的那个推销员，并没有下车帮助爸爸，只是悠闲地抽着一根烟，帽子歪扣在脑后，两眼愣愣地望着天上。我看着爸爸急匆匆地将他的货物往车上装，雨水从他那旧的浅顶软呢帽上滴落下来。他看上去是那么的谦恭，那么的卑下和顺从。我想起一位朋友曾经跟我说起爸爸的温顺和谦恭，"遇事只是屈服，而不是挺身面对。我爸爸从不会那样做"。当我站在那儿，透过被雨水击打的玻璃窗看着爸爸的时候，我想起了这些话。我试图让爸爸注意到我,他抬起头,我冲他喊着:"让那个人帮帮你啊。"爸爸看上去一脸茫然,我又重复了一遍,但是他听不见。汽车马达轰鸣着离开时,他开心地朝我挥了挥手。我坐在地板上哭了起来。

吃晚饭时,爸爸跟我们说:"那片地区没有男人,都是女人。一排排的房子里只有女人和孩子。"

"黑人的男人们来来去去,行踪不定,"博萨克太太解释说,"整个黑人社会都是靠女人撑起来的。"

"那儿也有一些男孩子,但是他们只是站在那儿抽烟,而且大多还不到15岁。"爸爸的话音充满了困惑。

"这就是他们的生活方式。所罗门总是说,黑人是不可理喻的。不过有些人还好,他就认识一个拉小提琴的黑人。"博萨克夫人用惊叹的口气说,"想象一下吧,一个拉小提琴的黑人。"

"维特金先生跟我说这些东西只能卖给黑人。那片住宅区还住着一些白人和东方人,但是他不让我把货物卖给他们。"

"那是因为只有黑人才会买那些垃圾。"博萨克夫人开心地大笑着说。

爸爸下巴的肌肉绷紧了,嘴唇也紧闭成一条缝,我知道这是他生气的标志。他的两条浓眉紧皱成了 V 字形。妈妈在厨房里忙活着,哗哗地往我们已经装满的汤碗里盛着汤,嘴里还低声哼唱着。

"我在夜校新报了一个班,就要开始上课了。"我拼命努力地舒缓如钳子般卡住我喉咙的极度紧张,突然插了一句话。

"很好,很好。"爸爸小声嘟囔着,拳头攥得紧紧的。

"太棒了。是什么班?"妈妈强作欢颜。

我还没来得及回答,爸爸已经把餐巾扔到了地上,砰的一声甩上门,离开了厨房。屋子里顿时一片寂静,只有隔壁传来收音机的声音。

"这些美国人,总是这么吵,整夜整夜的。难道他们就不睡觉吗?"博萨克夫人说道。然后转过头来对我说:"吃饭,吃饭。一切都会解决的,他会适应新的生活,你会看到的。"

妈妈和我交换了一下眼神。我们知道爸爸是多么讨厌这份让人感到屈辱的工作,也知道他是多么痛恨去坑害穷人。博萨克夫人轻快地在厨房走来走去,她似乎完全没有意识到是她引发了爸爸的愤怒。我感到一阵令人熟悉的痛苦,就像一座大山压在我心头,使我的呼吸变得困难起来。这种痛苦突然发作,与爸爸的痛苦一模一样。我不能完全理解爸爸的那份痛苦,但是我能感觉到我自己的痛苦。我从没有把我的这种感受告诉过这世上的任何一个人。我就这样等着它自己消退,直到我能自由地呼吸。

一天,爸爸告诉我们,有一条狗追了他三层楼,他在没有灯的楼梯上狂奔,直到一个女人开门让他进去,才摆脱了那个畜生。

"然后她买了一对花瓶,那是我见过的最难看的东西。我讨厌卖这些东西,但是维特金先生跟我说他了解黑人心里想要什么。"

"他是应该了解,他在这儿待了至少十年了。"妈妈说话的声音显得很自信。

"而且他是白手起家,整个生意从无到有一步步发展到现在。我的所罗门就是他最早的推销员。"博萨克太太拿起一块餐巾轻轻擦了擦眼睛。

"愿他安息,"妈妈看了一眼挂在墙上那张放大了的所罗门·博萨克(Solomon Bosak)的照片低声说道。

"可是,我还是讨厌卖这些我自己都不相信的东西。"爸爸坚持说。

"这就是美国。在美国,商业是最重要的。没有人会问你感觉如何,或者问你相信什么。最重要的就是你怎么卖东西。"博萨克夫人那圆溜溜的小眼睛紧盯着爸爸,她诚恳地企图说服爸爸,汗水都浸湿了她的上嘴唇。

"维特金先生的推销员们也是这么跟我说的。只管去卖商品,不要多想。但是,我不仅仅是在卖劣质又难看的商品,更重要的是,我是要把它们卖给那些买不起这些东西的穷人们。"

"那么,谁又知道他们买得起还是买不起呢?"

"而我们不是连饭都吃不起吗?"妈妈小声嘟囔着,声音显得有些担忧。她在厨房来回忙碌着,擦拭着已经很干净的灶台,神经质地将拿出来的饼干又重新放回到罐子里。她的眼泪几乎都要流出来了。我第一次意识到,一想到爸爸可能会失业,妈妈有多么恐慌,就像博萨克夫人担心她的房客们交不出房租一样。我们的生存完全取决于爸爸卖那些"耶稣台灯"的能力。没有人说出自己的忧虑，但是整个屋子里都充满了恐慌的气息，这让我感到窒息。我必须要逃离这儿。

"我今晚不是很饿，我要去上课了。"我含糊地说了一声，便急匆匆地跑到大街上。谢天谢地今天是星期一，是我新报名的英国文学课开始的日子。我连外套都没穿就跑了出来，寒冷的夜风让我浑身一激灵。我犹豫了一下，还是没有再回到那憋闷的房子。我迅速地往前走着，感受着侵入肌肤的凉意，还有把所有麻烦抛到身后的解脱感。我离凡尼斯大道1831号越远，感觉就越轻松。我开始跑了起来，我的脚似乎已经离开了地面，我感觉自己漂浮在屋顶上空，看到整个世界就展现在我的面前。我对着自己一遍又一遍地说着："我不会永远待在维特金饰品公司。"这样的希望让我一时喘不过气来，我的心里迸发出虚幻的、非比寻常的力量。我想象爸爸会找到一份极好的工作，我可以写作。我们将住在一幢大房子里。我可以写诗、创作。世界是属于我的。我抱着一棵榆树，用脸蹭着那粗糙的树皮，感觉火辣辣的。

几周以后，爸爸带回来一块红薯派，裹着锡纸，还有些余热。

"黑人们都吃红薯派，"博萨克太太说，"那是他们最喜爱的食物。"

"是比斯利（Beasley）太太给的。"爸爸说。我用勺子挖了一块这陌生的、加了奶油的东西放进了嘴里。

"为什么会有派呢？"妈妈问道，"这是你带回来的第三块派了。上周是椰蓉派。我以为黑人都很穷的。"

"比斯利太太就是很穷。"爸爸辩解道。

"那她付了她这一周的欠账了吗？可是1美元50分啊？"

爸爸没有回答，目光移向了别处。他马上在我的面前消失了，每次他不想面对一些事情的时候都会这样。

"要知道只有她们付了钱，你才能拿到佣金。如果她们不付钱，你就拿不到佣金。如果你拿不到佣金，我们就没饭吃。她在用派贿赂你，可是你需要的是她们付的钱。"

"我会拿到我的佣金的，"爸爸咬紧牙发出嘶嘶的声音，"这个话题到此为止。"

爸爸怒气冲冲地闯出了房间,我飞快地跟了过去。

"爸,没关系的。我会继续呆在维特金公司的,我不介意打字。"

他没有回头,站在那一动不动地说,"不要和我争了,小丫头。你很快就可以离开那儿了,很快。"

他慢慢地从我身边走开,走进了洗手间。门砰地关上了,连厨房柜子里的盘子都被震得嗒嗒响。

一个雨天,我下了班回到家,走上那散发着霉味的楼道,看着已经被磨破的地毯,我听到从我家的公寓里传出很大的声音。他们正在争吵。我的第一反应是逃离。

"你怎么能够现在辞职呢?"妈妈的声音带着哭腔。

"我没法再干了。"爸爸慢吞吞地说。

"他会找到另一份工作的。他必须要找到!"博萨克夫人一遍遍地说着,想让人信服。

我走进厨房。妈妈看到我进来,赶忙说:"嘘,别说了。"博萨克夫人把我推到已经摆放好的餐桌前,我们默默地吃着饭。我忍着眼泪,想着我是不是应该转身下楼逃离这儿。爸爸一定是辞职了,我最糟糕的噩梦变成真的了。我想我将命里注定永远要待在德鲁姆大街,打着那些陶制的耶稣灯和假金耳环的价目单。

"高兴一点。"爸爸的声音打破了我的思绪。

"出什么事了? 你要辞职?"

"我被电击了。"他并没有直接回答我的问题。

"什么?"

"被电击! 最后的侮辱。当我在卡特太太的公寓里试着给耶稣灯插上电时,一根有缺陷的电线让我触电了。"

"你没事吧?"

"我没事。但是当我走出那间公寓的时候我对自己说:我这个从中国来的犹太知识分子在干什么呢? 在一个只有女人、孩子和野狗的全黑人社区贩卖劣质的、质量有残的耶稣灯，竟然导致触电？"

这样一幅画面实在是太荒唐了，我忍不住大笑起来。笑声控制不住，眼泪夺眶而出。爸爸看着我，也一起大笑起来。妈妈也开始露出笑容。博萨克太太双臂交叉抱着，放在她那硕大的胸脯上来回晃动着，不断地重复道："所罗门就喜欢这样。要是所罗门在这就好了。触电！"她的笑声渐渐变成了眼泪。妈妈站起身，双臂搂抱着她说："愿他安息！"

我的四肢由于烦恼的解脱而松弛了下来。笑声赶走了忧郁，屋子里也感觉亮了许多。雨停了，绿色的杨树叶看上去鲜嫩又水灵灵的。博萨克太太关上了灯，整个厨房浸润在下午柔和的阳光里。

"事情变得越来越荒唐，"爸爸接着说，"我一直没有告诉你们。最初，是比斯利太太没法支付每周的那笔款子。还有，你说的是对的，她是企图用红薯派来抵偿。她已经尽其所能做到最好了，但是她的家里还是有很严重的问题。她有一个16岁就怀孕的女儿，还有一个9岁的儿子患小儿麻痹症住在医院里。"

"所以，你一直每周替她付款？"妈妈摇着头，不敢相信。

"是的。只有这样我才能拿到佣金。"

"这种算法有点问题。"

爸爸没有理会妈妈的评论。"行，随便怎么说。当比斯利太太不再付款之后，霍威(Howe)太太也开始不再按时每周付款了，并且她还恳求我不要把她的耶稣灯拿走。再接着，又有狗群追赶我。他们遍布在那个社区的各个地方，也没有主人，所以我只好买些狗饼干来安抚它们。这又花了我不少钱。"

"你是在供养那一整片社区啊！"博萨克太太歇斯底里地叫着。

"就是因为这样，所以当我昨天给灯插上电，向卡特太太演示这灯怎么用而被电击到时，我就跟自己说：够了，在希望之乡肯定还能找到更好的工作。"

"会找到别的工作的，"博萨克太太说，"我明天给我的朋友赫伯·罗滕伯格(Herb Rottenberg)打电话，他认识一个盖屋顶的人好像需要一个推销员。我之前怎么就没想到他呢？他卖的都是优质产品,而且屋顶和宗教也扯不上任何关系。"她窃笑着说。

"太好了,明天给他打电话吧。"妈妈的声音充满了希望。

"为什么不现在打呢? 没有必要等。所罗门总是说:永远不要等到明天。"博萨克太太慢慢地从椅子里挪出她那肥胖的身子,摇摇摆摆地走向放在过道的电话。我们听到她拨号的声音。

妈妈站起身,端来更多的汤。我身后的炉子上,满满一锅圆白菜在汤汁里用小火慢慢地煮着,发出咕嘟咕嘟的响声。走廊里传来博萨克太太有些听不太清楚的声音,正在连接我们的未来。

"向希望之乡致敬!"爸爸说着,举起了手中的一杯橙汁。

我们都举起杯,"向希望之乡致敬!"

附录一　天津犹太俱乐部章程及其细则

1935—1936 年订立，远东印刷厂（法租界威尔顿路①23 号）印刷

一、名称

俱乐部的名称为"犹太艺术俱乐部"②。

二、俱乐部的宗旨与目标

1. 成立俱乐部的目的如下：

(1)为俱乐部的成员及其他的客人在医疗和文化方面尽可能提供经常性的社会帮助。

(2)组织文学和音乐晚会、演讲、讨论、音乐会，以及其他文学和音乐方面的活动。

(3)组织戏剧娱乐和演出，组织舞蹈表演、舞会，组织家庭娱乐游戏，以及其他文化的、适宜的娱乐活动。

(4)为俱乐部成员或者在俱乐部成员中组织文学的、音乐的、科学的及其他性质的协会、学会、社团或其他组织。

(5)建立和维护图书馆和阅览室。

(6)组织运动会和其他体育活动。

---

① 原文为 Rue de Verdun。

② 原文为"THE JEWISH CLUB KUNST"，KUNST 系德语，意为艺术，直译应为"犹太艺术俱乐部"。简称犹太俱乐部。

158

（7）同时也要参加其他社交俱乐部各种惯常的或相关的活动。

2. 俱乐部是一个公众性的、非政治性的社交组织,对犹太人社会生活中有各种爱好旨趣的成员都保持开放。

三、俱乐部会员

1. 俱乐部会员资格不分性别,不分国籍,须年满 18 岁周岁,从未接受过法庭的审判,没有从事过不体面的行业,也没有从事过违背良好道德的活动。

2. 申请加入俱乐部须由申请者本人向俱乐部委员会正式提出申请,并有两名俱乐部会员举荐,方可获准加入。所有入会申请,在审议表决之前,均需张贴在俱乐部显眼之处,为期 7 天。俱乐部委员会在决定是否批准入会申请时,不得被任何反对申请者的意见所左右,也不得被任何要求拒绝批准申请者成为俱乐部会员的动议所掣肘。

但是,如有 10 名以上俱乐部会员对申请者提出异议,该申请者就不得被批准成为俱乐部会员。被拒绝的申请者可以向下一次俱乐部会员全体大会提出申述,请求重新审议其入会申请。

入会申请被拒绝者,从其第一次申请被拒之日起,6 个月内不得再次提出入会申请。

3. 俱乐部会员连续 3 个月不缴纳会费,均终止其会员资格,并只有在重新按规定履行新会员入会手续后才可重新成为俱乐部会员。

4. 俱乐部委员会在有正当理由的情况下,可以免除个别会员的会费,或同意会员延缓缴纳会费,但最长不得超过 3 个月。

5. 俱乐部会员离开本市超过 3 个月,经本人申请,可以列为缺席会员,在缺席期间,会费按正常会费的一半缴纳。

6. 俱乐部会员如发生不道德行为或违反俱乐部规章,俱乐部委员会有权给予该会员如下惩罚:予以警告,暂时中止其在俱乐部或俱乐部下属部门或其他团体的活动,短期或永久终止其会员资格。在这种情况下,本人可以对俱乐部委员会的决定提出上诉，但不得拖延惩罚的执行。

7. 俱乐部成员若在债务偿还期限内，未能付清他或她所欠俱乐部所属部门的欠款，会被列入上款所述惩罚名单。

8. 通常在俱乐部或犹太社团中担任重要职务者，即便他们本人不是俱乐部会员，但如在俱乐部全体会员大会上获得 3/4 与会者的赞同，也可以被选为俱乐部的荣誉会员，不需要缴纳会费。但是，选举荣誉会员的提议，必须首先递交俱乐部委员会。

四、俱乐部的经费来源

俱乐部的收入来源如下：

1. 会员会费。会费的缴纳标准应由俱乐部会员大会决定。在会员大会闭会期间，如有必要，委员会有权增加或减少会费数额，但不得超过 50％。

2. 俱乐部资本与资产的收入，以及出租俱乐部房产的收入。

3. 出租图书馆、阅览室、运动场及其它设施，以及其他娱乐活动所获得的收入和捐款。

4. 酒吧的收入。

5. 文学和音乐晚会以及各种演出的收入。

6. 捐赠和礼物。

7. 由委员会决定的针对特殊情况对俱乐部会员征缴的特别费。其数额不得超过会员大会闭会期间会员每月缴纳的会费。

8. 规章不禁止的各项其他收入和捐赠。

五、委员会

1. 俱乐部的财产和日常事务的管理由委员会负责。委员会由俱乐部会员全体大会选举产生，任期一年；委员会由 9 名委员和 5 名候补委员组成。

2. 委员会的职责包括：

(1)为有关俱乐部的内部制度和各种设施、设备以及场地的使用,起草和颁布各项必要的规则和章程。

(2)接纳俱乐部会员,行使各项管理权力,以维护俱乐部活动场所的秩序和规章的实施。

(3)批准非俱乐部会员和客人如何使用俱乐部场所的有关规则。

(4)雇用和解聘雇工和工人。

(5)保管俱乐部的账目,拟定各项必要的报告和预算。

(6)管理和经营俱乐部的资产和资金。

(7)为使用俱乐部的设施,确定需要支付和捐助的费用金额。

(8)组织编写涉及俱乐部活动的经济、财政、管理和文化等方面的规章,终止与此有关的部门、下属委员会、小组以及其他内部机构的活动。

(9)处理俱乐部正在举行的活动出现的各种一般性问题。

(10)以俱乐部的名义,提供捐助和补助金。

3.委员会应从俱乐部成员中选举俱乐部主席、副主席、司库和义务秘书,也应当任命上述第2款第(8)条所提到的俱乐部机构的主要领导人(如果这些机构的章程没有为如何任命其领导人规定其他程序的话),同时也应确定这些负责人所应承担的责任。

4.委员会应定期举行会议,这些会议应由秘书召集,会议应首先确定出席会议的委员不少于5人,以保证会议决议有效。会议讨论的所有问题,都应经过表决获得普通多数同意方可通过决议。如若出现表决票数相等,会议主席有权投决定性票。

5.委员会由主席、副主席出面,可以代表俱乐部与各政府机构、市政机构以及其他社会团体办理交涉,也可以在没有特别授权的情况下,与其他组织或个人从事各项交涉事宜。

6.俱乐部的业务往来信函应由主席或副主席,和秘书签署。

7.支票和财政文件应由专门授权的委员会成员和司库签署。

8.各种合同和协议,以及买卖总额超过一千元的交易,应由包括主席或副主席、秘书和司库在内的4名委员会成员联名签署。

9. 如遇紧急问题，必须马上决定，不能拖延，可以由主席或副主席和秘书做出决定，随后应向委员会报告。

10. 金额不超过 50 元的急需支出，可以由俱乐部秘书决定支付。

11. 俱乐部的财政年度于每年 9 月 1 日开始，8 月 31 日结束。

六、全体会员大会

1. 管理俱乐部事务和一切活动的最高权力应由俱乐部全体会员大会授予。全体会员大会分为普通大会和特别大会两种。

2. 普通大会每年应不晚于 10 月 15 日召开。普通大会有如下权力：

(1) 审查和通过委员会年度报告。

(2) 审查和通过下一年度预算。

(3) 通过、更改或修订俱乐部规章。

(4) 确定俱乐部会员入会费和会员费的数额。

(5) 表决通过有关俱乐部各阶段活动要向委员会发出的提议和指示。

(6) 商议有关不动产的购置或出售的各种问题。

(7) 选举委员会和监督委员会成员。

(8) 商议委员会、监督委员会以及俱乐部会员个人提出的所有建议，如果全体大会愿意商议的话。

(9) 关闭俱乐部。

3. 特别全体大会只应讨论召开特别大会所要讨论的问题。

4. 年度全体大会应由委员会负责召集。特别全体大会可以由委员会、监督委员会或不少于 50 名俱乐部会员提出要求并由委员会宣布的情况下召开。

5. 委员会应在全体大会召开至少一周之前，将会议召开的时间和地点通知俱乐部会员。

6. 全体大会应在出席人中推举一名会议主席和一名秘书。俱乐部的付薪雇员不得被推举担任这些职务。

7. 全体大会只有在出席人数达到俱乐部会员 1/3 法定人数的情况下召开才属有效。若未能达到法定人数，须在第一次会议之后 7 天之内再次召开会议。再次召开之全体大会，不论出席会议的会员人数多寡，均属有效。

8. 涉及本章程第二款的更改和俱乐部的清算等问题，只能由全体会员大会经过讨论和表决并获得 2/3 多数通过方可做出决定，且全体会员大会须有不少于 1/3 的俱乐部会员出席方为有效。

9. 有关俱乐部规章的更改和修订，会员会费数额的更改以及委员会和监督委员会选举程序的修改，或其他需要预先讨论的问题，都应由已经将这些事项列入会议日程的全体会员大会做出决定。

10. 有关规章提出的所有问题，毫无例外，都应由全体会员大会简单多数表决通过方可施行。但是，如有不少于 5 名会员提出请求，可以采取匿名表决。

11. 委员会和监督委员会的选举，以及俱乐部会员的除名，应通过匿名表决做出决定。如遇特别紧急问题需要做出决定——只有涉及总规则者除外——委员会可以通过向俱乐部成员分别发出问询函，征得多数人的意见。在这种情况下，通过问询函做出的决定应与全体会员大会做出的决定具有同等的效力。

七、监督委员会

1. 监督委员会应由年度会员大会选举产生，任期一年。监督委员会应由 3 名委员和两名候补委员组成。

2. 监督委员会有权全面掌控俱乐部活动的财政和经济往来，也有权随时审查俱乐部的账目。

3. 委员会的年度报告，以及所有账簿和相关的凭证，都应在年度会员大会召开至少两周前，交由监督委员会处理。

4. 监督委员会无权中止委员会做出的任何决定的执行。

八、俱乐部的权利

俱乐部拥有法人的一切权利，包括购置、拍卖和出租不动产的权利，处置所有有关财产的协议和合法商业交易的权利，在法律保证的前提下，与任何个人或机构签订贷款合同的权利，以及一般应可拥有的所有合法权利和权益。

九、俱乐部的清算

1. 一旦发生俱乐部清算之情况，全体会员大会应选出由 3 人组成的清算委员会。委员会的职责应是变卖俱乐部的财产，付清俱乐部所有的债务。

2. 在偿清俱乐部的债务之后，所有剩余的俱乐部财产和资金，应用于拨付做出俱乐部清算之决定的全体会员大会明确提出的用项。

附录二　天津犹太人无息贷款协会（博爱会^①）规则

1936 年订立

1.天津犹太人无息贷款协会（博爱会）建立的目的，是向有需要的天津犹太人发放无息贷款。

2.协会发放的贷款不属于财富或收入，也不能作为债务。贷款的发放要由执行委员会批准，并有第三方担保。

3.协会会员每年支付会费不得少于 3 元。

4.协会会员一次捐款不少于 1000 元者，可以通过执行委员会的请求，由全体大会选举为荣誉会员。

5.新会员由执行委员会负责接纳。

6.协会会员 6 个月没有缴纳会费，应被视为自动终止会员资格。

7.协会会员若被认为有害于协会的利益，都可由执行委员会提议，全体会员大会通过，予以除名。

8.被除名的会员或因未缴纳会费而被终止会员资格的协会会员，均不得要求退还其作为会员期间缴纳的会费。

9.协会的主要资产来自于发起人投入的资金。

10.协会常设基金由下列组成：

(1)协会金融资产和不动产所获得的收入。

(2)协会会员每月缴纳的会费。

---

① 原文为 Gmilus Hesed,此中文名系希伯来语的音译。

(3)捐款。

(4)协会资助组织的演出、音乐会和舞会等所获得的收入。

11.协会的资金存放在本地银行的活期存款账户里。支票只有执行委员会的两名成员签字方能有效。

12.协会的日常事务由执行委员会负责管理，执行委员会由全体大会选出，组成人员不得少于5人。

注：执行委员会可以自行增选两名协会成员作为有正式表决权的委员会成员。

13.执行委员会要从委员中选出一名主席、一名秘书和一名司库。

14.执行委员会任期一年。

15.执行委员会会议只有出席者不少于3人方为有效。

16.执行委员会的决议要经该委员会例会表决，获得简单多数通过后才可执行。

17.执行委员会的各项文件只有经主席和秘书签署后方能生效。

18.全体大会分为普通大会和特别大会。普通大会应于每年2月之前召开，特别大会须在执行委员会、监督委员会或协会1/3会员的要求下，方能召开。

19.全体大会的会议通知须在会议召开7天前，在本地报纸上公开发表。

20.只有列入会议议程的问题才可以在全体大会上讨论。

注：任何人如希望将某个特别议题列入全体大会议程，都应在大会召开前两周预先通知执行委员会。

21.年度全体大会要选举执行委员会以及3名候选者；选举监督委员会以及两名候选者；选举荣誉会员；确定会费数额；决定购置或变卖资产；修改规则；商议对执行委员会提出的投诉；通过协会的账目；审议有关协会的贷款、预算等问题。

22.全体大会只有出席人数达到协会会员的一半为法定人数，方可生效。如若未能达到法定人数，须在一周之内再次召开全体大会，则出席人数无论多寡，会议均为有效。

23.全体大会的决议须由出席者表决,获简单多数通过方可生效。

注:(1)表决方法由全体大会决定。

(2)协会规则的更改和协会的清算,只能由出席人数不少于协会会员一半的全体大会付诸表决,获得2/3多数通过方能做出决定。

24.执行委员会和监督委员会的成员不得主持全体会员大会。

25.协会的财政年度是从每年的1月1日到12月31日。

26.监督委员会可以随时审查账目,而且每年至少要审查两次。

27.执行委员会有权与任何银行或其他信贷机构发生金融交易行为。

28.协会有权通过拍卖,出售无法赎回的抵押品。

29.执行委员会有权代表协会签订合同或出席法庭审判,或者授权第三者出席法庭审判。

30.倘若协会解散,其不动产和其他资产应移交天津犹太人慈善协会。

31.协会的印章上镌刻如下字样:天津犹太人无息贷款协会(博爱会)。

附录三　译名表 [*]

人名

Abraham Tsimmerman	亚伯拉罕·齐默尔曼
Alice	爱丽丝
Anya	安雅
Anya	安娅
Barchensky	巴申斯基
Beasley	比斯利
Ben Lerman	班恩·勒曼
Berman	伯曼
Bialik	比亚利克
Borotkin	博罗特金
Bozie	博奇
Brachtman	布雷赫特曼
Brenda	布兰达
Danny	丹尼
David Fishman	戴维·菲什曼
David Tsimmerman	戴维·齐默尔曼
Dina	蒂娜
Dinchess	丁彻斯

---

* 本译名表按西文原名字母音序排列。

168

Dmitri	德米特里
Driden	德里登
Drisin	德里森
Dubois	杜波依丝
Duchamp	杜尚
Ethel	伊赛尔
Eva	伊娃
Fania Stoffman	凡尼雅·斯图夫曼
Fanny	范妮
Feldman	费尔德曼
Fink	芬克
Fleishman	弗莱施曼
Fujimoto	藤本
Gintz	金茨
Glenda Palmer—Jones	格兰达·帕尔默—琼斯
Graham	格雷厄姆
Gurevich pereira	古雷维奇·佩雷拉
Gwen	格温
Haya	哈雅
Hazel	哈泽尔
Helen	海伦
Herb·Rottenberg	赫伯·罗滕伯格
Hohlachkin	霍拉金
Howe	霍威
Joe Pitkin	乔伊·皮特金
Joseph Rivkin	约瑟夫·里夫金
Joseph Vitkin	约瑟夫·维特金
Kent	肯特

Kipness	基普尼斯
Leff	莱夫
Lerman	勒曼
Lily	莉莉
Liu	刘
Loretta Young	洛丽泰·杨
Ludmilla Petrovna Hohlachkin	柳得米拉·佩特洛夫娜·霍拉金
Marianne Webster	玛丽安·韦伯斯特
Marlena Tong	玛琳娜·童
Marlene Dietrich	玛琳·黛德丽
Mathilde	玛蒂尔德
Matson	马森
May Weber	梅·韦伯
Mira	米拉
Moses Guber	摩西·古伯
Naomi	娜奥米
Nizer	奈泽
Penelope	佩妮洛普
Perls	珀尔斯
Ronald Coleman	罗纳德·考尔曼
Rosa	罗莎
Rose	罗斯
Rudolf Brverman	鲁道夫·布雷弗曼
Sammy	萨米
Sammy Goldman	萨米·戈德曼
Samuel Webster	塞缪尔·韦伯斯特
Scott Fitzgerald	司各特·菲茨杰拉德
Shirley Canberry	雪莉·坎布雷

Shmanin Hanin	施玛宁·哈宁
Sima Altman	希玛·奥尔特曼
Solomon Bosak	所罗门·博萨克
Soo	苏
Sophie	索菲亚
Sorenson	索伦森
Sui	隋
Titian	提香
Tom	汤姆
Tyrone Power	蒂龙·鲍尔
Vassily Tiomkin	瓦西里·蒂奥姆金
Vera Smirnova	薇拉·斯米尔诺娃
Voitenko	瓦汤科
Walter Denko	沃尔特·丹柯
Willie	威利
Wilson	威尔逊
Woo	吴
Zhoschenko	左琴科

地名

Bath	巴斯
Borodinskaya	博罗丁斯卡雅大街
Colombo Road	克伦坡道
Colony Street	侨民街
Cousins Road	克森士道
Davenport Road	达文波道
Dickenson Road	狄更生道
Drumm Street	德鲁姆大街

171

Dvinsk	德文斯克
Ekatrinburg	伊卡廷堡
Emeryville	埃默里维尔
Hang—chu Lane	杭州巷
Irkutsk	伊尔库茨克
Khaborovsk	哈巴罗夫斯克
Kitaiskaya	基泰斯卡雅
Komushlov	科姆史洛夫
Mestechko Kraslavka	麦斯特可—克拉斯拉夫卡
Pasadena	帕萨迪纳
Rue St. Louis	圣路易路
Stantsiya Zapodnaya Dvina	斯坦茨雅—查博德纳雅—德维纳
Tiv Te Khe	铁特溪
Tsimmermanovka	齐默尔曼诺夫卡
Van Ness Avenue	凡尼斯大道
Victoria Road	维多利亚道
Vladivostok	符拉迪沃斯托克

其他译名

Archie	阿奇
Buddy	巴迪
Club Kunst	犹太俱乐部
Hanamet	汉纳姆号
Highland Brothers Casing Company	高地兄弟包装公司
Hunters Point	猎人角
Leda	雷达
Montgomery Ward	蒙哥马利—沃德百货公司
Nero	尼罗

Penney's bargain basement	彭尼廉价商品店
Rivkin Company	里夫金公司
Rule Britannia	统治吧，不列颠尼亚
SS General Butler	巴特勒将军号轮船
SS William Tell	威廉·特尔号轮船
Vassili's Deli	瓦斯里熟食店
Vitkin's Novelty，Inc.	维特金饰品公司
Weingarten Novelties	温加藤饰品公司
Whiteaway Laidlaw & Company	惠罗公司
Yiddish	意第绪语

天津人民出版社
天津通史项目系列丛书

天津通史编译丛书

租界生活：一个英国人在天津的童年(1918—1936)

　　　　　　　　　(英)布莱恩·鲍尔著　2007 年　　32.00 元

天津租界史(插图本)　　(英)雷穆森著　2009 年　　62.00 元

小洋鬼子：一个英国家族在华生活史

　　　　　　　　(加拿大)戴斯蒙德·鲍尔著　2010 年　　40.00 元

近代天津日侨回忆录　　(日)藤江真文等著　2014 年　118.00 元

近代外国人记述的天津　　刘海岩主编　2017 年　200.00 元

中国之梦：一个犹太女孩在天津的成长(1929—1948)

　　　(美)伊莎贝尔·齐默尔曼·梅纳德著　2017 年　76.00 元

天津通史专题研究丛书

近代天津的慈善与社会救济　　任云兰著　2007 年　46.00 元

近代天津金融业研究(1861—1936)　龚关著　2007 年　46.00 元

近代天津日本侨民研究　　万鲁建著　2010 年　43.00 元

天津文学史(4 卷)　王之望　闫立飞主编　2011 年　280.00 元

天津宗教史　　李新建　濮文起主编　2013 年　98.00 元

天津康科迪娅俱乐部——历史与文化百年

王敏主编 2014 年 62.00 元

中国近代化学工业的奠基者"永久黄"团体研究

赵津、李健英著 2014 年 98.00 元

天津通史资料丛书

"永久黄"团体档案汇编——久大精盐公司专辑（2 卷）

赵津主编 2010 年 108.00 元

"永久黄"团体档案汇编——永利化学工业公司专辑（3 卷）

赵津主编 2010 年 228.00 元

明实录天津史料汇编（2 卷）

万新平 于铁丘主编 2012 年 180.00 元

清实录天津史料汇编（5 卷）

万新平 于铁丘主编 2014 年 450.00 元